I0656346

6669.
H:

HISTOIRE DU FANATISME DE NOSTRE TEMPS;

Où l'on voit les derniers Troubles des Cevenes, la Revolte du Vivarez, l'Expedition du Port de Cette, & la Mort des derniers Chefs des Fanatiques.

TOME QUATRIE'ME.

Par Mr. BRUEYS, de Montpellier.

A MONTPELLIER,

Chez JEAN MARTEL, Imprimeur ordinaire du Roy, de Nosseigneurs des Etats Generaux de la Province de Languedoc, & de la Ville.

M. DCC. XIII.

AVEC PRIVILEGE DU ROY.

3

médaille frapée en hollande

HISTOIRE
DU FANATISME
DE NOSTRE TEMPS.

LIVRE PREMIER.

OUS allons voir
enfin, dans ce der-
nier Tome, l'entie-
re diſſipation des
Fanatiques, qui fut
le fruit de la devaſtation du Païs
qui les entretenoit, & une ſuite des avantages qu'on avoit

A ij

remportez fur eux, dans les trois occafions où leurs Troupes furent taillées en pieces.

Il eft vrai, que comme on avoit à faire à des efprits tournez par les vifions du Fanatifme, & fur lefquels on ne pouvoit prendre aucune affurance, la fin de ces troubles n'arriva pas fitoft qu'on l'avoit crû, & fut retardée quelque temps par des mouvemens imprevûs de fureur, qui les faififfoient tout d'un coup, dans le moment qu'ils commençoient à fe foumettre, ainfi que nous le verrons dans la fuite de cette Hiftoire.

Mr. le Maréchal de Villars, qui eftoit defcendu par le Rône, arriva à Beaucaire le 20. du mois d'Avril 1704. Mr. de Bafville s'y rendit le même jour, pour le recevoir à l'entrée de la Province; & le lendemain

ils allerent à Nîmes, où ils apprirent, par un Courier que Mr.
de la Lande leur envoya, qu'il
avoit battu en deux occasions
la Troupe de Roland, & les res-
tes de ceux qui estoient écha-
pez du combat de la Vau-Nage, & qui avoient fui du costé
de Brenoux & d'Hyeuset, pour
tâcher de reparer la perte qu'ils
avoient faite, par la jonction de
quelques bandes de Scelerats
qui rodoient dans ces Cantons,
& par les Recrûës que ce Païs
infecté se preparoit à leur fournir.

Ils apprirent aussi, par ce même Courier, que Cavalier avoit
esté blessé dans une de ces occasions, & s'estoit sauvé à pied
dans les bois, aprés avoir quitté ses habits, pour n'estre pas
reconnu : qu'on avoit pillé, ra-
sé & brûlé Hyeuset, Brenoux,

St. Paul, Souſtelle, & les autres Lieux qui leur avoient donné retraite, & paſſé au fil de l'é- pée tous leurs Habitans, excep- té les Femmes, les Enfans & les Vieillards : qu'en faiſant cette punition, on avoit découvert un Lieu caché dans les bois, qui ſervoit d'Hôpital aux Revoltez, & un gros Magaſin, où ils te- noient toutes leurs munitions de guerre & de bouche ; & qu'enfin, outre cela, Mr. de Palmeroles, qui commandoit les Miquelets, eſtoit tombé ſur une de leurs Troupes, du coſté du Pont de Montvert, & en avoit tué pluſieurs.

Aprés ces heureux ſuccez, que Mr. le Maréchal de Villars apprit à ſon arrivée, & que l'on regarda comme un commence- ment du bonheur qui l'accom- pagnoit par tout, ce nouveau

General, avant que de se mettre en estat d'agir, voulut estre
instruit à fonds, par Mr. de
Basville, de la nature de cette
Revolte ; de la disposition des
Habitans du Païs ; du veritable
caractere des Fanatiques, & de
tout ce que l'on avoit fait jusques-là pour les reduire.

Avec un Conseil aussi éclairé,
il fut bientost au fait de cette
importante affaire ; & il comprit d'abord, que pour la finir
heureusement, il falloit profiter
de la consternation où estoient
les Revoltez, & les Communautez qui les soûtenoient ; les
presser plus vivement que jamais, & ne leur donner pas le
temps de respirer.

Pour cet effet, il envoya ordre à Mr. de la Lande, à Mr.
de Julien, & à tous ceux qui
commandoient les Troupes qui

estoient répanduës dans les Cevenes, de les faire agir avec
plus de vivacité qu'on n'avoit
encore fait, & de ne point ceffer de pourfuivre les Rebelles,
qu'on ne les euft entierement
diffipez.

Il fe difpofa enfuite à marcher inceffament lui-même,
pour aller voir de plus prés fur
les Lieux, ce qu'il y auroit à
faire pour finir ces defordres ;
mais, avant que de partir de
Nîmes, il y reçut les protefta-
tions de fidelité, que lui firent
les principaux des Nouveaux-
Convertis de cette Ville : & cependant, par le confeil de Mr.
de Bafville il y fit faire des enlevemens de plufieurs Perfonnes
fufpectes, qui furent envoyées
aux Ifles de Ste. Marguerite.

Aprés que Mr. le Maréchal
eut fejourné un jour à Nîmes,

pour y prendre ces precautions,
& pourvoir à tout ce qui eſtoit
neceſſaire, afin de contenir les
Mal intentionnez de cette Ville, il en partit avec Mr. de Baſville, & prit le chemin des Cevenes. Sur toute ſa route, il fit
aſſembler les Communautez, &
leur parla, avec cette éloquen-
ce vive & pathetique qui lui eſt
naturelle ; leur faiſant entendre,
*Que le Roy lui avoit ordonné de
finir promptement ces troubles ; que
par ſon ordre, il y alloit employer
premierement les voyes de la douceur, en offrant le pardon de leurs
crimes aux Chefs des Rebelles, &
à tous ceux qui les ſuivoient, s'ils
venoient ſe ſoumettre, & rendre
leurs armes ; mais que s'ils s'opi-
niâtroient dans leur Revolte, il alloit les traiter avec la derniere rigueur, eux, & tous ceux du Païs
qui les ſoûtenoient : qu'il falloit*

A v

avoir perdu le sens, pour s'imaginer, qu'après les pertes qu'ils
venoient de faire, ils pussent plus
long-temps resister : que ce n'estoit
point la force de leurs armes qui
les avoient garantis jusques-là,
mais la bonté du Roy, qui les re-
gardant comme ses Sujets, avoit
mieux aimé attendre leur repentir,
que de les exterminer : qu'enfin le
mal avoit trop duré : qu'il n'y
avoit plus de ménagemens à garder ; & qu'il falloit, ou se soumettre, ou s'attendre à estre écrasé.

Ces vives representations, &
la liberté qu'il accorda en même-temps à plusieurs Prisonniers,
qui lui promirent d'estre fidelles
à l'avenir, firent un si bon effet sur l'esprit des Peuples, que
quelques-uns commencerent à
souhaiter tout de bon la fin de
ces desordres, & à faire parler
aux Chefs des Revoltez, pour

les exhorter à accepter le pardon que le Roy leur faisoit offrir, & delivrer par là le Païs des ravages où il estoit exposé.

La nouvelle de ce pardon s'estant répanduë par tout, trente Fanatiques, qui estoient du costé de Ganges, vinrent d'abord trouver Mr. le Maréchal à Sommieres, lui porterent leurs armes, se soumirent, & furent pardonnez. D'un autre costé, un nommé Lafleur, Chef d'une bande de ces Scelerats ; vint aussi se rendre à St. Hipolite, avec quelques uns de sa Troupe, & on leur fit la même grace.

On avoit lieu de croire que ce commencement auroit des suites heureuses, mais le moment de la soumission generale des Rebelles n'estoit pas encore venu ; & l'on apprit dans ce même temps, que Cavalier avoit

A vj

assemblé deux cens Hommes du
costé de Vabres , & se preparoit à aller joindre la Troupe
de Roland , qui faisoit des Recrûës du costé de St. Phelix,
pour se remettre en Campagne,
avec de nouvelles forces.

Sur l'avis qui en fut donné
à Mr. le Maréchal, par les Espions que Mr. de Basville entretenoit dans le Païs, il mit aussitost tout ce qu'il avoit de Troupes en mouvement , les ayant se-
parées en trois Corps , pour aller chercher les Revoltez dans
les Lieux où ils avoient parû :
Mr. de la Lande , Mr. de Julien,
& Mr. de Menon eurent ordre
d'y marcher incessament : Mr.
le Maréchal y marcha lui-même : on fit toute la diligence
possible, & l'on prit toutes les
precautions imaginables pour les
joindre ; mais ce fut inutilement ;

les Habitans du Païs les tenoient exactement avertis de la
marche de nos troupes: ils fu-
yoient devant elles; & l'on ne
put jamais tomber fur leurs
groffes bandes, quoiqu'on les
fuivift à la pifte jour & nuit,
dans les bois, dans les montagnes, & dans tous les Lieux où
l'on apprenoit qu'elles avoient
paffé.

Cependant, dans cette pourfuite, qui dura cinq jours, Mr.
de Menon trouva la Troupe de
Cavalier, un Dimanche au matin, à Piéredon, où ils avoient
convoqué une Affemblée nom-
breufe, dans laquelle on devoit
prêcher, & égorger enfuite deux
Anciens Catholiques qui avoient
efté pris du cofté de Nîmes. On
les auroit tous paffez au fil de
l'épée, mais leurs Sentinelles
avancées ayant crié, l'Affem-

blée se dissipa ; Cavalier se sauva dans les bois , & tout ce
qu'on put faire , fut de tuer une
trentaine de Fanatiques, & deux
de leurs plus fameuses Prophe-
tesses : on delivra aussi les deux
Victimes qu'ils alloient immo-
ler, qui ayant esté trois jours
avec eux , declarerent à Mr. de
Basville , que Cavalier n'avoit
que cent Hommes armez , &
quelques méchans Chevaux; &
que , tandis qu'on l'avoit poursuivi , il s'estoit tenu caché dans
le fonds d'un bois , auprés d'un
ruisseau , où tous les Villages
voisins lui avoient apporté des
vivres.

D'un autre costé , Mr. du Vi-
lar , Lieutenant Colonel refor-
mé , rencontra aussi, prés de Genoüillac , la Troupe de Joanny,
dont j'ai déja parlé , composée
de quatre-vingt ou cent Bandits,

qui ne quittoient jamais les hautes montagnes ; il en tua une
quarantaine, & diffipa le refte.

Ce n'eftoient pas là de grands
avantages, pour le mouvement
qu'on venoit de faire ; mais, fi
Mr. le Maréchal n'eut pas la fa-
tisfaction qu'il avoit attenduë,
de rencontrer leurs groffes troupes, & de les bien battre, il
éut du moins le plaifir d'apprendre, que par cette activité, il
les avoit convaincus qu'ils ne
devoient plus s'attendre à pouvoir fe repofer, & qu'on avoit
enfin refolu de ne leur donner
aucun moment de relâche.

En effet, nos Troupes ne furent pas plûtoft delaffees de cette longue courfe, qu'il les remit
auffitoft en mouvement, par une
battuë generale de tous les bois,
où ils avoient accoûtumé de
s'aller cacher : il fit enfuite trois

gros détachemens, pour enve-
lopper tout le Païs qui eſt entre Anduſe, la Salle, & St. Jean
de Gardonenque, où il eut avis
que Cavalier voltigeoit ſans ceſſe ; & que la Troupe de Roland,
qui eſtoit compoſée de trois ou
quatre cens Hommes, trouvoit
encore quelques retraites.

Ces mouvemens continuels,
qui mettoient les Fanatiques
dans la neceſſité de fuir ſans
ceſſe, obligerent leurs Chefs à
ſeparer leurs bandes en petits
pelotons, pour leur donner le
moyen de ſubſiſter plus facilement, & éviter la pourſuite de
ceux qui les ſuivoient ſans relâche : on apprit même, que pluſieurs, pour ſe mieux cacher,
s'eſtoient retirez dans leurs Maiſons, où ils ſçavoient bien qu'ils
ne feroient pas reconnus ; ce
qui obligea Mr. le Maréchal à

changer la difpofition de fes Troupes , & à les feparer auffi en petits Partis, qui foüilloient continuellement les bois ; & cependant , il pofta trois Bataillons à portée de fe pouvoir joindre , s'il eftoit neceffaire , afin d'eftre toûjours le Maiftre de la Campagne , en cas qu'il reprift envie aux Rebelles de fe raffembler.

Par cette difpofition , & par la vivacité avec laquelle nos Partis fuivoient fans relâche ces Scelerats opiniâtrez dans leur Revolte, on en furprenoit tous les jours quelques-uns ; & fi on ne pouvoit les battre tous à la fois, on les défaifoit peu-à-peu & en détail : tous ceux qu'on rencontroit, eftoient auffitoft, ou tuez par nos Soldats , ou pris, & envoyez aux Prifons d'Alais, de St. Hipolite, & de

Nîmes, où les Gibets & les Echaffaux estoient toûjours dres-sez, afin que les exemples de la Justice suivissent les Expeditions militaires; & que, tandis qu'on les exterminoit d'un costé, par la force des armes, on fist trembler de l'autre tout le Païs, par les differens supplices qu'on faisoit souffrir à ces Malheureux.

Les Fanatiques, voyant qu'ils n'en estoient pas mieux, pour s'estre separez, se rassemblerent, & reparurent du costé de Bouquet, sur une montagne herissee de rochers, & couverte de bois épais: Mr. le Maréchal en fut d'abord averti, & sçut que Cavalier s'y estoit retiré, avec deux cens Hommes; il envoya aussitost ordre à Mr. de la Lande de partir d'Alais pour s'y rendre, & de battre avec trois Détachemens, tous les bois qu'il trouveroit fur fon paffage ; il envoya à Mr. de Julien de faire la même chofe d'un autre cofté, & il marcha lui-même droit au Bouquet.

L'avis qu'on lui avoit donné eftoit veritable ; Cavalier y avoit efté la veille qu'on y arriva ; il y avoit même prêché, & fait une Affemblée, dont on fçut qu'il n'avoit pas efté trop content, ayant reconnu dans fa Troupe quelque difpofition à l'abandonner : l'on apprit même, par une vingtaine de Revoltez qui vinrent fe foumettre deux jours aprés, qu'il avoit dit à fes Gens, *Que ceux qui voudroient fe retirer, n'avoient qu'à le faire, en rendant leurs fufils ; & qu'il les livroit à Satan, puifqu'ils vouloient abandonner la caufe de Dieu ; & que pour lui, il eftoit refolu de mourir les armes à la main :* mais

qu'aprés avoir fait ce beau difcours , ayant eu avis que les
Troupes du Roy approchoient,
il avoit pris la fuite dans le plus
épais du bois , & que tout le
reste s'estoit disperfé d'un costé
& d'autre.

Tout ce que l'on put faire
dans cette occasion , fut de tomber fur une cinquantaine de ces
Bandits, qui furent tuez , à la
referve de trois ou quatre, que
Mr. le Maréchal voulut faire
garder en vie , pour fervir de
reprefailles, fi l'on tuoit encore
les Anciens- Catholiques ; car
les meurtres continuoient toûjours.

Ce mouvement neanmoins,
qui dura trois jours , ne laiffa
pas d'intimider extrémement, &
les Fanatiques , & les Habitans
de ce Païs affreux , où nos Troupes n'avoient pas encore pene-

tré ; & Mr. le Maréchal en eut
une si parfaite connoissance,
qu'il prit sur le champ toutes
les precautions necessaires, pour
empêcher à l'avenir les Troupes des Rebelles de s'y retirer,
& d'y pouvoir trouver des vivres.

Aprés cette course, & la défaite d'une centaine de Revoltez, que Mr. de Menon battit
du costé de Bragassargues, quelques-uns des principaux & des
plus riches Habitans des Cevenes, qui estoient las de ces desordres, & craignoient de perdre leurs biens, voulurent faire
d'eux mêmes une tentative sur
les Chefs des Revoltez, pour
les presser d'accepter le pardon
qu'on leur offroit ; mais ces
Ames feroces n'estoient pas encore en estat de plier, ni entierement desabusées de leurs

foles eſperances : & l'on ſçut, qu'ils avoient eu l'inſolence de répondre à ceux qui les exhortoient de ſe rendre, *Qu'ils ne mettroient jamais les armes bas, qu'on n'euſt rétabli dans le Païs les éxercices de leur Religion.*

Enfin, la grande vivacité avec laquelle Mr. le Maréchal continua de les pourſuivre ; & les vives exhortations que Mr. de Baſville, qui le ſuivoit par tout, adreſſa aux Communautez, les obligerent à changer de langage, & à ſonger ſerieuſement à prevenir, par leur ſoumiſſion, les derniers éclats de l'orage, qui pendoit ſur leurs teſtes, & qui eſtoit preſt à les accabler entierement.

Cavalier, qui, comme nous avons dit, paſſoit pour un Homme d'eſprit, parcequ'il eſtoit un peu moins fol que les autres, fut le premier qui comprit, que s'il s'opiniâtroit davantage dans la Revolte, il n'y avoit plus de reſſource pour lui, & fit deſſein de ſe ſoumettre.

Ce fut environ le 10. du mois de May, qu'il reſolut de pren- dre ce parti. Mr. d'Aygalliers, Gentilhomme d'Uſés Nouveau-Converti, l'eſtoit allé trouver, quelques jours auparavant, avec la permiſſion de Mr. le Maré- chal, pour l'exhorter à ſe ſou-mettre, & l'avoit trouvé aſſez traitable : mais enfin, le ſieur la Combe de Veſenobre, qui avoit eſté ſon maiſtre, lorſqu'il gar-doit les Troupeaux, & dont Mr. de Baſville ſe ſervoit ſecrete-ment depuis ſix mois, pour lui inſpirer de bons ſentimens, le determina entierement à ſe ren- dre ; & il écrivit ſur cela une Lettre pleine de ſoumiſſion à

Mr. le Maréchal : le Sr. la Combe en fut le Porteur, & lui rendit compte en même-temps de l'entretien qu'il avoit eu avec lui.

Cependant, Cavalier ne trouvant pas peuteſtre, ſoit aſſez d'honneur, ſoit aſſez de ſureté, à traiter de ſa reddition, par la ſeule entremiſe du Sr. la Combe, deſira que Mr. le Maréchal, ou Mr. de la Lande, vouluſſent bien entrer dans cette negociation ; & pour cet effet, il écrivit à ce dernier une Lettre reſpectueuſe, par laquelle il le prioit de lui donner un Rendez-vous, pour conferer enſemble ſur cette affaire, & lui envoya cette Lettre à Alais, par un Homme, qui, ſans vouloir ſe faire connoiſtre, demanda à lui parler.

Cet Homme, qui eſtoit aſſez
proprement

proprement mis, mais de méchante mine, eſtoit le fameux *Catinat*; ſon veritable nom eſtoit, *Abdias Morel*; mais il avoit pris ce nom de guerre parmi les Rebelles, parcequ'il avoit ſervi autrefois dans le Regiment de feu Mr. le Maréchal de Catinat; c'eſtoit lui qui commandoit la Cavalerie de Cavalier, & il avoit eſté elevé à ce poſte, à cauſe qu'ayant eſté dans ſa jeuneſſe Gardien des Haras dans la Camargue, qui ſont ceux qui domptent les Poulins, il s'eſtoit exercé à manier, avec une hardieſſe groſſiere, toute ſorte de Chevaux; au reſte, il eſtoit reconnu pour un des principaux Acteurs des plus ſanglantes Scenes des Cevenes, & il auroit paſſé pour le plus barbare & le plus cruel de tous les Fanatiques, ſi Ravanel, dont Nous

B

aurons occasion de parler bientost, ne l'avoit surpassé en ferocité & en barbarie.

Cet Homme donc ayant esté
introduit, sans se faire connoître, Mr. de la Lande lui demanda qui il estoit; *Je suis*, lui dit-
il, *Catinat*, en lui rendant la
Lettre qu'il portoit. *Quoi*, lui
repartit Mr. de la Lande, *vous
estes celui qui a fait tant de mas-
sacres, d'incendies & de sacrileges?* Oüi, lui repliqua-t-il bru-
talement, *c'est moy qui les ai faits,
& qui devois les faire. Vous estes
bien hardi*, lui dit Mr. de la
Lande, *d'oser vous presenter devant moy. J'y suis venu*, lui ré-
pondit-il, *sur la parole de Cavalier, & sur la bonne foy.* Ensuite Mr. de la Lande ayant lû la
Lettre qui lui avoit esté mise
entre les mains; *Retournés-vous-
en*, lui dit-il, *& assurés Cava-*

lier , *que je me trouverai dans deux heures au Pont d'Avenes, qui eft à demie lieuë d'ici , avec trente Dragons feulement* ; dites-lui, *qu'il ne manque pas de s'y rendre avec pareil nombre de fes Gens. Il y viendra* , répondit Catinat , *avec toute fa Troupe. Qu'il y vienne avec tous ceux qu'il voudra* , lui repartit fierement Mr. de la Lande ; & s'adouciffant enfuite, il ajoûta : *Je veux bien me fier à lui , puifqu'il fe confie en moy.* Aprés cette courte Conference, Catinat fe retira , & Mr. de la Lande fe prepara à partir pour aller au Rendés-vous.

Il y alla effectivement, fans vouloir eftre efcorté que par trente Dragons, & fuivi feulement de cinq ou fix Officiers; foit our faire connoître à ce Chef des Fanatiques, qu'il ne le craignoit point , ſoit pour lui témoigner plus de confiance ; & il mena avec lui le Frere de Cavalier, jeune Garçon de quinze à ſeize ans , qui avoit eſté pris depuis peu , & qu'il avoit deſſein de lui rendre , afin de diſpoſer ſon eſprit à ce qu'il ſouhaitoit de lui.

En arrivant au lieu aſſigné , il y trouva Cavalier , avec une trentaine de Cavaliers aſſez mal montez , & environ deux cens Hommes de pied : Mr. de la Lande ordonna auſſitoſt à ſon Eſcorte de s'arrêter , & de ſe tenir à l'écart : Cavalier fit faire la même choſe à ſa Troupe, & ils s'avancerent l'un & l'autre pour s'aboucher. Dés qu'ils ſe furent joints, Mr. de la Lande lui preſenta ſon Frere , en lui diſant que le Roy le lui rendoit. Ils entrerent enſuite dans une affez longue Conference, à la fin de laquelle Cavalier donna à Mr. de la Lande un Ecrit figné de fa main, en forme de Requefte, qui contenoit fa foumiffion.

Avant que de fe feparer, Mr. de la Lande lui prefenta une Bourfe, & voulut lui en faire prefent ; mais Cavalier l'ayant remercié, en difant qu'il n'avoit pas befoin d'argent, Mr. de la Lande en tira une centaine de Loüis, & les jetta aux Fanatiques, qui s'eftoient approchez, parceque Mr. de la Lande avoit demandé à les voir fous les armes : Ils ne les ramafferent pourtant qu'aprés que leur Chef leur eut commandé de le faire, en leur difant, *qu'ils les priffent pour boire à la fanté du Roy, & que la Paix eftoit faite.*

Aprés quoi chacun fe retira ;

& Mr. de la Lande alla d'abord
à Nîmes, où il remit entre les
mains de Mr. le Maréchal la
Requeſte de Cavalier, & l'informa exactement de toutes les
choſes dont ils eſtoient conve-
nus, entre leſquelles ils avoient
arrêté une Suſpenſion d'armes,
juſqu'à ce qu'on euſt eu réponſe
de la Cour ſur cette Requeſte ;
& l'on avoit pris auſſi quatre
jours pour avertir, tant les Troupes du Roy, que celles des Rebelles, de ne faire pendant ce
temps-là aucun acte d'hoſtilité.

Par ſa Requeſte, *Cavalier of-*
froit de ſe rendre, lui & ſa Trou-
pe ; demandoit pardon de ſes cri-
mes ; imploroit la clemence du Roy,
& ſupplioit Sa Majeſté de lui ac-
corder la permiſſion de ſortir du
Royaume, & de ſe retirer à Ge-
neve, ou ailleurs : Il demandoit
auſſi l'élargiſſement de tous les Pri-

fonniers qu'on avoit fait fur eux ;
& qu'il fuft permis à tous ceux qui
paſſeroient avec lui dans les Païs
étrangers, de vendre leurs Biens :
mais ces deux dernieres demandes eſtoient plûtoſt des priéres,
que des conditions de fa fou-
miſſion.

Comme Cavalier s'eſtoit élevé au-deſſus de tous les autres
Chefs des Fanatiques, depuis le
malheur arrivé aux Troupes de
la Marine, dont il s'attribuoit
tout l'honneur, & par la retraite qu'il avoit faite avec aſſez de
fermeté & de conduite, aprés fa
déroute de la Vau-Nage, Mr.
le Maréchal fut trés-aiſe d'apprendre la reſolution qu'il avoit
priſe, & envoya auſſitoſt en Cour
Mr. de St. Pierre, l'un de ſes
Aides de Camp, pour y porter
cette bonne nouvelle, avec la
Requeſte même de ce Chef des

Rebelles , afin de sçavoir sur cela la volonté du Roy.

Cependant, cette affaire pouvant trainer en longueur , à cause qu'il falloit attendre son retour ; & eſtant à craindre que pendant ce temps-là , des Eſprits auſſi legers que ceux des Fanatiques, ne vinſſent à changer de ſentiment , on jugea à propos, en attendant ce retour , de faire entrer Cavalier dans des engagemens dont il ne puſt ſe dédire.

Pour cet effet, Mr. le Maréchal & Mr. de Baſville reſolurent de l'obliger à avoir une Conference avec eux ; & par l'entremiſe de Mr. d'Aygaliers & du Sr. la Combe, qu'ils lui envoyerent, ils le firent reſoudre à ſe rendre à Nîmes dans le Jardin des Recolets, qui eſt au-dehors de cette Ville , &

le jour fut pris pour cela.

Tandis qu'on negocioit cette entrevûë, on apprit un assez grand malheur, qui estoit arrivé du costé de Florac, le jour même que Cavalier estoit en Conference avec Mr. de la Lande, & avant qu'on eust pû avertir les Bandes des Fanatiques qui estoient dans les Hautes-Cevenes, de la Suspension d'armes dont on estoit convenu.

Le Comte de Tournon, pour lors Brigadier des Armées du Roy, & depuis fait Maréchal de Camp, qui commandoit dans ce Canton-là, voulut aller voir Mr. le Maréchal à Nîmes, & recevoir ses ordres : il partit de Florac, sur ce que Mr. de la Lande, par un mal entendu, lui manda qu'il le pouvoit faire, quoique Mr. de Basville, à qui il avoit écrit pour informer Mr.

B v

le Maréchal de son voyage, lui
euſt fait réponse de ſa part,
qu'il lui feroit plus de plaiſir de
demeurer dans ſon Poſte que
de lui faire une viſite aſſez inutile. Comme il avoit à traver-
ſer un Païs rempli de Revoltez,
il ſe fit eſcorter par deux cens
Hommes détachez de ſon Regiment, de celui de Froulay, &
du ſecond Bataillon de Labour,
avec quelques Miquelets. Quand
il fut arrivé à Anduſe, il renvoya cette Eſcorte, conduite par
Mr. de Courbeville ſon Beau-
frere, & Lieutenant Colonel de
ſon Regiment, qu'il avoit pris
avec lui pour la ramener. Pendant que Mr. de Tournon eſtoit
en marche, les Bandits de ces
Montagnes avertis que le Détachement qui l'accompagnoit
devoit s'en retourner, s'attrou-
perent en grand nombre, com-

mandez par Roland , & lui dreſ-
ferent une embuſcade du coſté
de Bar , dans un Lieu couvert
de bois & de rochers , où ils
eſtoient cachez & à couvert. Le
Détachement qui marchoit ſans
beaucoup de precaution , y tomba , & eſſuya d'abord un feu
terrible de trois coſtez tout à la
fois , ſans pouvoir ni joindre ceux
qui tiroient , ni ſe deffendre en
aucune maniere : Mr. de Courbeville y fut tué , avec deux Capitaines de ſon Regiment , un
de Froulay , quatre Lieutenans,
& environ ſoixante Soldats ; le
reſte ſe ſauva comme il put.

Le Sr. Viala , Subdelegué de
Mr. de Baſville dans les Hautes-
Cevenes , s'eſtoit malheureuſe-
ment ſervi de cette occaſion
pour y aller regler quelques affaires ; il eſtoit connu & haï de
ces Scelerats , ils le maſſacrerent

cruellement , avec fon Fils &
fon Neveu qui l'acompagnoient :
c'eftoit un Homme fort zélé &
intelligent , qui avoit rendu de
grands fervices , & qui fut extrémement regreté.

Ce malheur , qui furprit d'autant plus , qu'on s'y attendoit
le moins , ne dérangea pourtant
rien aux mefures que l'on avoit
prifes , pour obliger Cavalier à
entrer dans les engagemens
qu'on vouloit lui faire prendre ,
avant le retour de Mr. de St.
Pierre : Au jour affigné , il fe
rendit avec une partie de fa
Troupe à St. Cefaire , qui n'eft
qu'à une lieuë de Nîmes , d'où
il partit pour aller au Jardin des
Recolets , accompagné de Mr.
d'Aygaliers & de Mr. de la Lande , qui voulut bien laiffer aux
Fanatiques deux de nos Capitaines , & vingt Dragons en

ôtage, pour la fureté de leur Chef.

Ce jour-là, Cavalier, pour foûtenir l'honneur qu'il devoit avoir de conferer avec Mr. le Maréchal, & Mr. de Bafville, avoit mis fes plus beaux habits ; mais le jufte-au-corps galonné, la culote d'écarlate, & le plumet blanc qu'il portoit, joints à fa mine baffe, au lieu de lui donner bon air, le faifoient paroître encore plus ruftre qu'il n'eftoit.

Il partit donc, affez mal monté, & accompagné devant & derriere par douze Cavaliers qui lui fervoient de Gardes ; Catinat, Commandant de fa Cavalerie, marchoit à fa droite ; Daniel Gui, fon plus grand Prophete, à fa gauche ; & la mine affreufe de celui-là, jointe au ferieux ridicule de celui-ci, af-

fortiffoient parfaitement bien le
Cortege d'un General Fanatique.

Tous les Habitans de Nîmes,
qui fçavoient fa venuë, avoient
couru en foule à fon paffage
pour le voir; les Imbeciles le
regardoient avec admiration;
les Gens fenfez, avec horreur;
mais, ni les uns ni les autres ne
pouvoient comprendre, comment ce petit Homme, qui n'a-
voit guere plus de vingt-trois
ans, avoit pû fe rendre auffi
Maiftre abfolu qu'il l'eftoit, de
tant de Communautez, & d'un
fi grand nombre de Gens dans
les Cevenes.

Parmi ces differentes refle-
xions, & en cet équipage, il
alla defcendre de cheval à la
Porte du Convent, où il eftoit
attendu; Catinat & Daniel Gui
l'accompagnerent jufques là, &
fe retirerent : Celui-là, aprés

avoir fait ranger devant la Porte
les Cavaliers qui l'avoient fuivi,
& leur avoir commandé d'y attendre leur General ; celui-ci,
aprés leur avoir donné fa bene-
diction, & levé burlefquement
fes mains & fes yeux au Ciel,
pour le fuccés de la Conference.

Aprés quoi, Catinat, faifant
faire de temps en temps des ca-
racols à fon cheval, & fuivi de
tous les Garnemens de la Ville,
qui voyoient avec plaifir un Hom.
me qui avoit fait tant de maf-
facres, alla fe mettre à table
au Logis de la Coupe d'or du
Fauxbourg St. Antoine, pour
fe délaffer de la corvée qu'il venoit de faire ; & Daniel Gui,
faifant les grimaces du Fanatifme, & fuivi des plus Infenfez
de la Populace, qui eftoient
charmez de fes airs de Prophete, alla voir fa Mere dans la

Ville, pour la confoler de l'abfence de fon Mari, & de fon
autre Fils, dont le premier
avoit efté envoyé aux Ifles de
Ste. Marguerite, & le fecond
eftoit détenu dans les Prifons
du Fort.

Lorfqu'ils fe furent retirez,
Cavalier entra dans le Convent,
& fe rendit au Jardin, où eftoient Mr. le Maréchal, Mr. de
Bafville, Mr. de la Lande, &
Mr. de Sandricour : En les abor-
dant, il fe jetta d'abord aux
pieds de ce premier, & voulut
lui remettre fon épée ; mais il
le releva, & ne jugea pas à propos de le defarmer. Alors Cavalier, en termes très-foumis,
mais un peu groffiers, le fupplia
de trouver bon qu'il fe remift avec
fa Troupe en tel Lieu qu'il lui
plairoit, pour y attendre fa grace
ou fa condamnation ; proteftant

qu'il ne desiroit que de pouvoir expier ses crimes, en sacrifiant sa vie pour le service du Roy, si Sa Majesté vouloit bien le lui permettre. Mr. le Maréchal lui répondit, qu'il avoit envoyé sa Requeste à la Cour, & qu'il attendoit les Ordres du Roy, pour lui declarer sa volonté, qui seroit executée à l'instant, sans s'expliquer davantage : Il l'assura cependant, *qu'il avoit employé ses bons offices auprés de Sa Majesté, afin qu'à son égard, Elle écoutast plûtost sa clemence que sa justice.*

Il fut convenu aprés cela, dans cette Conference, que Cavalier se rendroit avec toute sa Troupe à Calvisson, sans autres conditions que d'y attendre la volonté du Roy, avec une entiere soumission à ses Ordres ; ce qu'il promit d'executer incessament.

Mr. de Basville qui connoiſſoit l'eſprit turbulent des Fanatiques, & comme s'il ſe fuſt douté de ce qui arriva quelques jours aprés, n'eſtoit point d'avis qu'on priſt Calviſſon, qui eſt le centre du Païs Huguenot, pour le Lieu où on devoit les aſſembler ; mais, Cavalier ayant témoigné qu'il auroit de la peine à reſoudre ſes Gens à s'aſſembler ailleurs; & Mr. le Maréchal ayant crû que pour faciliter leur ſoumiſſion, il ne falloit leur donner aucun ſujet de défiance, on s'en tint à ce premier choix.

Cependant, Mr. de Basville, voûlant profiter de la bonne diſpoſition où il vit alors Cavalier, pour apprendre de lui ce qui dans la ſuite pourroit ſervir à l'execution de ſes deſſeins, lui fit pluſieurs queſtions, auſquelles il répondit avec affez de fincerité & de bonne foy.

Il lui protefta d'abord, *qu'il eftoit trés-fâché du malheur arrivé au Détachement de Mr. de Tournon, mais que Roland n'avoit pû encore alors eftre averti des engagemens qu'il avoit pris ; qu'il lui avoit écrit de ceffer tous actes d'hoftilité, & de fe foumettre comme lui ; ce qu'il ne manqueroit pas de faire, auffi-bien que tous les autres Chefs, qui fuivroient infailliblement fon exemple :* & il lui dit enfin, *qu'il ne fouhaiteroit rien tant, que d'aller fervir avec toute fa Troupe, le Roy d'Efpagne contre les Portugais.*

Aprés cette entrevûë, qui fe fit le 6. du mois de May, & dans laquelle on prit toutes les precautions neceffaires, pour l'engager à tenir exactement ce qu'il avoit promis, il partit pour

aller rejoindre ceux de sa Troupe qui l'attendoient à St. Cefaire, & qui avoient mis des Sentinelles sur toutes les hauteurs,
jusqu'à la vûë de Nîmes, tant
pour leur sureté, que pour les
avertir du retour de leur Chef.

Il alla ensuite de là dans les
Hautes-Cevenes, pour y ramas-
ser tous ceux de ses Gens qui
y estoient dispersez par petits
Detachemens, afin de les me-
ner au Lieu assigné; & pendant
ce temps-là il fut exactement
obeï, en ce qu'il avoit écrit par
tout de ne faire aucuns desordres : ensorte que la tranquilité commença deflors à regner
dans tout le Païs.

Le 19. de ce mois, sept ou
huit cent Fanatiques conduits
par Cavalier, commencerent à
se rendre à Calvisson, où l'on
avoit envoyé toutes sortes de

provisions pour leur subsistance, & dont on avoit fait sortir le Regiment de Charolois, tant afin de leur laisser plus de place pour s'y loger, qu'afin de ne leur donner aucun ombrage.

Certainement ce fut alors une chose bien surprenante, & bien nouvelle, dans le milieu d'une Province comme le Languedoc, où il y avoit tant de Troupes, d'y voir, par l'ordre de ceux qui y commandoient, un si grand nombre de Scelerats, tous meurtriers, incendiaires & sacrileges, assemblez en un même Lieu, tolerez dans leurs extravagances, nourris aux dépens du Public, caressez de tout le Monde, & accueillis honnêtement par ceux qu'on y avoit envoyez pour les recevoir.

Mais on avoit dessein de finir par ce moyen, des troubles qui

avoient caulé mille maux, &
qui pouvoient encore en exciter de plus grands ; & la Paix
eſt un ſi grand bien, qu'on jugea qu'elle ne pouvoit eſtre
achetée à trop haut prix, &
qu'on devoit paſſer par deſſus
toutes ſortes de conſiderations,
afin de la procurer à un Païs
qui en avoit tant de beſoin,
pour ſe rétablir des ravages où
il avoit eſté expoſé.

Ce furent là les veritables
raiſons qui obligerent Mr. le
Maréchal & Mr. de Baſville à
tolerer, que pendant que ces
Fols ſejournerent à Calviſſon,
on les läiſſaſt vivre à leur fan-
taiſie, ſans leur donner aucun
ſujet de plainte, afin de les mieux
engager à tenir ce qu'ils avoient
promis.

Ainſi, durant quelques jours,
leurs Predicans, leurs Inſpirez,

leurs Prophetes & leurs Pro-
phetefſes, ayant toute licence,
on les voyoit publiquement s'affembler, de jour & de nuit,
toutes les fois que l'envie les en
prenoit, pour fanatifer, prêcher
& chanter ; & tous les Peuples
de ce Canton, qui eſtoient prefque tous Nouveaux-Convertis,
y accouroient en foule, foit par
curiofité, foit par un efprit de
Religion.

L'on reconnut alors, que s'il
euſt eſté poffible, on auroit beaucoup mieux fait de les affembler
ailleurs ; & ce fut certainement
une conjoncture trés-embarraf-
fante pour Mr. le Maréchal &
pour Mr. de Bafville, de fçavoir s'ils devoient, ou faire ceffer, ou tolerer ces extravagances:
On pouvoit les faire ceffer, en
donnant ordre aux Troupes de
charger ces Imbeciles ; & Mr.

le Maréchal fut fur le point de le faire; mais c'eſtoit remettre le feu dans la Province, & diſperſer, ſans eſpoir de retour, des Gens qu'on avoit déja heureuſement aſſemblez : il n'y avoit d'ailleurs que deux ou trois jours à tolerer ces impertinences, puiſqu'il n'en falloit pas davantage pour avoir la réponſe qu'on attendoit de la Cour. Ils prirent donc le parti de diſſimuler pour ſi peu de temps, dans la vûë d'un plus grand bien : & cependant, afin que les choſes n'allaſſent pas plus loin, ils firent avertir les Chefs des Fanatiques de contenir leurs Gens, & deffendirent aux Habitans des Communautez du voiſinàge, de plus aller voir ces mommeries ridicules, qu'on ne ſouffroit qu'à regret, & dans l'eſperance de les voir bientoſt finir.

Le

Le Sr. de Vinciel, Commiſſaire ordonnateur, & le Sr. Capon Capitaine, qui eſtoient à
Calviſſon, par ordre de Mr. le
Maréchal, avoient permis aux
Fanatiques de ſe loger par Billets chez les Habitans : celui-là
prenoit ſoin de leur faire fournir tous les jours ce qui leur eſtoit neceſſaire ; celui-ci de les
entretenir dans les bons ſentimens où ils eſtoient de ſe ſoumettre aux Ordres du Roy, qui
eſtoient attendus d'un jour à
l'autre.

Cavalier avoit mis un Corps-
de-garde de quarante de ſes Soldats, à la porte de ſon Logis :
Il en avoit poſté d'autres de diſtance en diſtance, juſqu'aux portes du Bourg : Outre cela, il
avoit poſé des Sentinelles au
dehors, qui ſe répondoient les
unes aux autres, durant l'eſpa-

C

ce de plus d'une lieuë ; & pour
la sureté de sa Personne, il avoit
toûjours à ses côtez quatre Gardes, qui avoient sans cesse, ou
les sabres nuds à la main , ou
les fusils bandez.

Les Fanatiques continuoient
à se rendre à Calvisson : Castanet y vint avec sa Troupe : d'un
autre costé , Joanny avec la sienne, qui se tenoit ordinairement
dans les Montagnes , se soumit
à Mr. du Villard Lieutenant Colonel, qui estoit pour lors à Genoüillac : Roland , à qui Cavalier avoit écrit & parlé , estoit
irresolu sur ce qu'il feroit , &
écrivoit des Lettres tantost sou-
mises , tantost insolentes.

Cependant, Mr. le Maréchal
& Mr. de Basville , en attendant le retour de Mr. de St.
Pierre, consultoient ensemble,
pour sçavoir ce qu'on feroit de

ces Gens-là , quand ils se seroient tous rassemblez ; & afin
de ne perdre point de temps ,
ils en écrivoient par avance
leurs sentimens à la Cour , pour
avoir sur cela des Ordres précis , & qui pussent estre executez dés le moment qu'ils les
auroient reçus.

Ce n'est pas qu'ils doutassent
de la grace de ces Scelerats ;
car , quoiqu'il n'y en eust aucun
qui n'eust merité le dernier supplice , ils sçavoient que le Roy
approuveroit le parti que l'on
avoit pris de les pardonner ,
pour les obliger à se rendre , &
remettre le calme dans la Province : il estoit seulement ques-
tion de sçavoir , si on devoit leur
permettre d'aller à Geneve ,
comme la plûpart le deman-
doi nt , ou si on devoit accepter les offres qu'ils faisoient de
C ij

ſervir, & en compoſer un Regiment, pour eſtre envoyé en
Allemagne, ou en Eſpagne.

Mr. de Baſville fut d'avis,
qu'autant qu'on le pourroit, on
devoit les empêcher d'aller à
Geneve, à cauſe du danger qu'il
y avoit, que de là ils ne revinſ-
ſent dans les Cevenes, ou dans
le Vivarés, en paſſant par le
Dauphiné; & il convint avec
Mr. le Maréchal, que ſi le Roy
vouloit bien l'agréer, il valoit
beaucoup mieux en faire un Regiment, dont Cavalier ſeroit
Colonel, & les dépaïſer entierement, en les envoyant ſervir
en Eſpagne, où ils ſe trouve-
roient loin de leurs Freres, &
de tous ceux qui pourroient leur
inſpirer de retourner dans leur
Païs pour y exciter de nouveaux
troubles.

On ne comptoit pas de tirer

de grands fervices d'un Regiment compofé de ces fortes de
Gens, & l'on prévoyoit bien
auffi, que les Troupes où ils feroient incorporez, les regarde-
roient avec horreur ; mais il falloit les éloigner, & exciter les
autres Chefs à fuivre l'exemple
de Cavalier, par l'efperance
d'un pareil traitement : d'ailleurs, on ne doutoit point que
par ce moyen on ne trouvaft
affez d'occafions pour s'en défaire entierement, s'ils ne faifoient pas leur devoir.

Mr. de St. Pierre revint de
la Cour, & arriva à Nîmes le
22. du mois de May, portant la
nouvelle du Pardon que le Roy
avoit eu la bonté d'accorder à
Cavalier, & à tous ceux de fa
Troupe qui s'eftoient foumis.
Mr. le Maréchal l'envoya querir
auffitoft pour le lui apprendre :

Et comme Sa Majesté avoit ap-
prouvé en tout, ce que lui &
Mr. de Basville avoient trouvé
à propos de faire, il lui remit
aussi en même temps un Brevet
de Colonel , avec pouvoir de
nommer lui-même aux Charges
de son Regiment , & une pen-
sion de douze cent livres. Ainsi,
par des raisons que les Rois sont
quelquefois obligez de suivre,
contre les regles de la Justice
ordinaire , celui qui meritoit de
finir ses jours sur un échafaud,
se vit recompensé , & parvint
par les crimes les plus horribles,
à un poste qui est ordinairement le prix de la vertu.

Je dois pourtant dire ici , que
ce ne fut pas proprement une
récompense, mais un moyen que
l'on crut propre pour attirer les
autres Chefs : Je sçai même que
Mr. de Basville , qui est rigide

obfervateur des Loix, & qui hait mortellement les Scelerats, eut beaucoup de peine à y confentir, & que ce ne fut qu'avec un extréme regret, qu'il fut obligé de donner les mains à une chofe fi extraordinaire.

Il y avoit lieu de croire que les troubles eftoient appaifez : Cavalier content de fon fort, fe difpofoit à partir avec fon Regiment pour aller fervir en Efpagne : Roland paroiffoit difpofé à fuivre bientoft fon exemple : Caftanet & Joanny s'eftoient rendus ; On n'entendoit plus parler de defordres dans aucun Lieu des Cevenes : Mr. le Maréchal y avoit fait publier la reddition des principaux Chefs des Rebelles ; & Mr. de Bafville, pour ne laiffer devant les yeux des Peuples aucun objet de trifteffe, avoit fait abat-

C iv

tre par tout les gibets & les
échafauds. On eftoit à la fin du
mois de May : Le jour du départ eftoit pris au premier de
Juin ; & les Routes eftoient expediées, lorfque dans le temps
qu'on s'y attendoit le moins, &
fans que l'on puft d'abord fçavoir pourquoi, on vit changer
en un moment cette apparence
de Paix, par un mouvement im-
prevû de fureur, qui faifit tout-
d'un-coup les Fanatiques affem-
blez à Calviffon.

Cavalier eftoit allé ce jour-
là coucher à l'Anglade, pour y
regler quelques affaires de fon
Regiment. Ravanel fon principal Lieutenant, fils d'un Païfan
de Malaygue prés d'Ufés, commandoit la Troupe en fon abfence : Il avoit efté Grenadier
dans le Regiment de Roüergue :
C'eftoit un petit Homme fec,

noir, intraitable, & toûjours
fâché ; personne ne l'égaloit en
brutalité & en barbarie : ceux
qui l'ont frequenté, m'ont assuré qu'il ne vivoit que d'eau-
de-vie & de tabac, dont il se
servoit aussi pour penser ses blessures, car il en estoit couvert,
s'estant exposé dans toutes les
occasions, plûtost en furieux &
en insensé, qu'en veritable bra-
ve.

Ce fut ce Scelerat qui ren-
versa l'esprit de ces Imbeciles :
Il fit battre la generale : assembla la Troupe ; & par des Exhortations seditieuses, il leur fit
entendre, *Qu'on avoit dessein de*
les trahir : que ceux qui avoient
fait la Paix, ne leur accordoient
ni Temples, ni exercice de Reli-
gion, ni la liberté de leurs Pri-
sonniers ; & qu'on les alloit embar-
quer, pour les faire perir sur la mer.

C v

Il joignit à ces Exhortations, les Oracles de ſes Inſpirez ; & ces Têtes foles, qui tournoient comme des giroüettes aux ſou-fles de leurs Prophetes, repaſ-ſerent en un inſtant de la ſou-miſſion à la revolte, & firent deſſein de s'en retourner dans leurs Montagnes, pour y renou-veller les deſordres.

Cavalier qui arriva de l'An-glade au commencement de cet-te emotion, fit tout ce qu'il put pour les ramener à leur devoir ; en leur repreſentant à ſa manie-re, *Qu'il leur eſtoit impoſſible de ſe ſoûtenir plus long temps dans la rebellion : que tous les Nouveaux-Convertis, fatiguez des troubles, n'eſtoient plus, ni en eſtat, ni dans la volonté de les ſecourir : qu'au reſte, il avoit pourvû à tout ce qui eſtoit neceſſaire pour leur ſure-té : qu'on lui avoit promis, que* dés qu'ils seroient partis, leurs Amis & leurs Parens, à qui le Roy avoit pardonné, seroient mis en liberté; & qu'on avoit même déja donné ordre qu'il prist en passant ceux qu'il trouveroit à Perpignan : que pour des Temples, & des exercices publics de Religion, c'estoit une folie de s'en flater; & que dans toute la negociation il n'avoit pas osé en ouvrir la bouche, sçachant bien qu'il ne seroit pas écouté.

Ces representations furent inutiles; il ne put ramener qu'une cinquantaine des moins emportez, & se vit abandonné de tous les autres : l'intraitable Ravanel, perdant même en cette occasion le respect qu'il devoit à son Superieur, non seulement refusa de lui obéir, mais le menaça de le tuer; peu s'en fallut qu'ils n'en vinssent aux mains,

& ils l'auroient fait fans l'entre-
mife de leurs Prophetes, qui les
en empêcherent.

La refolution fut donc prife
de fe retirer de Calviffon ; mais
avant que d'en fortir, ils voulurent fignaler leur départ par une
action digne d'eux. Le Sr. Vinciel & le Sr. Capon leur avoient
fait mille honnêtetez ; ils firent
deffein de les tuer : ils inveftirent leur Maifon, en criant,
qu'il falloit les égorger ; & ils l'auroient fait infailliblement, fi Cavalier, qui avoit encore fur eux
quelque ombre d'autorité, n'eftoit accouru à leur fecours, &
ne leur euft donné le moyen de
monter fecretement à cheval,
& de fe garantir par la fuite.

Ils arriverent à Nîmes fort
effrayez du danger qu'ils avoient
couru, & furprirent extrémement Mr. le Maréchal & Mr.

de Basville, en leur apprenant ce qui venoit d'arriver ; car dans ce moment ils alloient partir pour se rendre à Caveyrac, dans le dessein d'y donner leurs ordres pour le départ de ces Insensez, qu'ils vouloient promptement éloigner ; & ils avoient fait tant de diligence pour s'en défaire, que les Routes estoient expediées pour tous les Lieux où ils devoient passer, leur marche reglée, & l'argent qu'ils avoient demandé pour leurs besoins, tout prest à leur estre compté.

C'est ainsi que cette Troupe de Fols décampa de Calvisson, & s'alla jetter dans le Bois de Lins : Cavalier la suivit, pour tâcher de la ramener, après avoir écrit à Mr. le Maréchal & à Mr. de Basville, *Qu'il estoit au desespoir de ce changement : qu'il*

alloit faire tout ce qu'il pourroit,
pour obliger ſes Gens à revenir,
& que s'il n'en pouvoit venir à
bout, il eſtoit preſt à porter ſa tête
par tout où il lui ſeroit ordonné.

De la maniere dont il s'eſtoit
conduit juſques là, on ne douta point qu'il n'agiſt ſincere-
ment ; & en effet, il ne ſe départit jamais des engagemens
qu'il avoit pris : c'eſt pourquoi
Mr. le Maréchal crut, que pour
lui aider à ramener ſa Troupe,
il falloit trouver le moyen de
tomber deſſus, & de la bien
battre. Dans cette vûë, il commanda à deux gros Détachemens de la ſuivre, & il marcha
lui même avec un troiſiéme du
coſté de St. Geniés, accompagné de Mr. de Baſville : Mr. de
Menon eut ordre de battre en
même-temps tout le Païs, depuis Sommieres juſqu'à Leſan :

Mr. de la Lande de fe tenir preft fur les bords du Gardon ; & l'on recommença de tous coftez à fe remettre en mouvement, pour pourfuivre les Revoltez avec plus de vivacité qu'on n'avoit encore fait, dans le deffein de les combattre, fi on les pouvoit joindre, ou de leur ôter tous les moyens de fubfifter.

Deux chofes obligerent Mr. le Maréchal, & Mr. de Bafville, à redoubler leurs foins & leur vigilance pour la fureté de la Province. Mr. de Quinffon leur avoit envoyé un Courrier, pour les avertir, que le Viceroy de Catalogne lui avoit mandé, que quarante cinq Vaiffeaux des Ennemis eftoient entrez dans nos Mers, & avoient pris la route de nos Côtes. D'un autre cofté, Mr. de Bafville avoit fait arrêter à Avignon deux Hommes ;

dont l'un , appellé *Rouviere* ,
avoit declaré qu'il eftoit envoyé
de Geneve à Cavalier , pour
l'exhorter de tenir bon tout le
mois de Juin , & de s'approcher
du Vivarés, où il feroit joint
par quatre mille Religionaires
qu'on affembloit en Dauphiné :
l'autre ne voulut rien avoüer ;
mais on trouva fur lui des Ecrits
en chiffre, qui firent juger qu'il
eftoit auffi chargé de quelques
fecrets avis pour les Rebelles :
Ces deux Hommes-là furent arrêtez, & punis : mais d'autres,
chargez de pareilles Inftructions
pouvoient eftre entrez dans les
Cevenes ; & l'on auroit pû croire, que le changement arrivé
à Calviffon, feroit venu de là,
fi l'on n'avoit efté certain, que
la facilité avec laquelle les Fanatiques fe laiffoient entrainer
aux infpirations de leurs Pro-

phetes, en eftoit la veritable caufe.

Cependant, Mr. de Bafville ayant fçu que quelques Broüillons faifoient courir le bruit, que ce changement venoit de ce qu'on avoit fait efperer aux Rebelles quelque relâchement fur l'exercice de leur Religion, & qu'on n'avoit pas tenu ce qu'on leur avoit promis, il confeilla à Mr. le Maréchal, de donner une Ordonnance, pour defabufer le Public, & effacer les impreffions que les Religionaires pouvoient en avoir prifes. Elle portoit, *Que depuis que Mr. le Maréchal de Villars eftoit entré dans le Languedoc, il n'avoit penfé qu'à finir les troubles par des voyes de douceur : que dans cette vûë, il avoit obtenu du Roy le pardon des Revoltez qui fe foumettroient, fans autre condition que celle d'implorer la clemence de Sa Majesté : mais qu'ayant esté informé, que des Gens mal-intentionnez insinuoient dans l'esprit des Peuples des fausses esperances de liberté, pour l'exercice public de la Religion-Pretenduë-Reformée, il declaroit qu'il n'en avoit jamais été fait aucune proposition ; & que toutes Assemblées illicites estoient expressement deffenduës, sous les peines portees par les Edits & Ordonnances du Roy : ordonnant aux Troupes qui estoient sous son Commandement, de faire main-basse sur ces Assemblées ; & enjoignant aux Nouveaux-Convertis, de se tenir, à cet égard, dans l'obéissance qu'ils devoient aux Ordres du Roy.*

Et il est si vrai, que Mr. le Maréchal, & Mr. de Basville, ne voulurent jamais souffrir, qu'on osast seulement faire au-

une propofition , qui puft donner la moindre efperance de relâchement fur le fujet de la Religion , qu'un jour, qu'on leur
rendit des Lettres de Roland ,
où il en eftoit parlé, ils ne dai-
gnerent y faire aucune réponfe ;
mais dirent tout haut , & en prefence de tout le monde, qu'ils
feroient pendre ceux qui feroient affez hardis pour leur
porter à l'avenir de femblables
Lettres.

Tandis qu'on publioit cette
Ordonnance , & que nos Détachemens marchoient contre
les Revoltez, Cavalier, qui avoit
toûjours fuivi fa Troupe , dans
le deffein de la ramener, écrivit par deux fois à Mr. le Maréchal : *Qu'il ne defefperoit pas*
d'en venir à bout ; qu'il avoit par-
lé à Ravanel , & aux autres
Chefs ; & qu'il les avoit difpofez

à recourir de nouveau à la clemence du Roy. Et par ces mêmes
Lettres, il lui renouvella les aſſurances de ſa fidélité.

A cette nouvelle, Mr. le Maréchal, qui preferoit la voye
de la douceur à celle de la force, parceque par la premiere,
il eſperoit que les troubles fi-
niroient plûtoſt, donna ordre
aux Troupes de s'arrêter ; & au
lieu de marcher lui même à St.
Geniés, pour y charger les Rebelles, ainſi qu'il l'avoit reſolu,
il alla droit à Anduſe, pour y
attendre leur ſoumiſſion.

Cavalier s'y rendit en même-
temps ; lui confirma ce qu'il lui
avoit écrit, & lui demanda la
permiſſion d'aller trouver Roland à Durfort, pour l'exhorter à ſe rendre : Il y alla effectivement, & fit tout ce qu'il put
pour l'y reſoudre ; mais, ſoit que

l'avantage qu'il avoit remporté depuis peu fur l'Efcorte de Mr. de Tournon, lui euft enflé le cœur, foit qu'il vouluft joüir encore quelque temps de l'hon_neur du Commandement, que perfonne ne lui difputoit depuis que Cavalier s'eftoit rendu, il ne put rien gagner fur cet Efprit feroce, qui eut même l'infolence de lui dire, *Qu'il mettroit bas les armes, fi le Roy vouloit réta_blir l'Edit de Nantes, & accorder des Temples, & des Miniftres aux Religionaires des Cevenes.*

Ce fut inutilement que Ca_valier lui reprefenta la folie de cette demande, il ne put le ren_dre fage ; & ils eurent fur cela une conteftation affez vive, fur laquelle leurs Prophetes furent confultez : Daniel, qui eftoit celui de Cavalier, fut d'avis d'o_béïr au Roy : Moyfe, qui eftoit

celui de Roland, fut d'un ſentiment contraire ; & ayant tiré
au ſort, pour ſçavoir auquel il
falloit s'en rapporter, le ſort dé-
cida en faveur de celui de Cavalier.

Quelques-uns ont crû que
c'eſt ce qui détermina Roland
à entrer en negociation d'accommodement ; mais ce qu'il y
a de certain, eſt qu'aprés la pu-
blication de l'Ordonnance dont
nous venons de parler, les principaux Habitans des Cevenes
eſtoient allez trouver Roland,
& les autres Chefs des Revoltez, pour leur declarer ; *Qu'ils*
n'exigeoient point d'eux, qu'ils fiſ-
ſent aucune demande ſur le ſujet
de la Religion : que le ſeul parti
qu'ils avoient à prendre, eſtoit de
ſe ſoumettre, & d'accepter le par-
don qui leur eſtoit offert : que s'ils
refuſoient de le faire, ils eſtoient

prefts de fe joindre aux Troupes
du Roy pour les pourfuivre ; *&*
qu'enfin, ils ne devoient plus at-
tendre aucun fecours d'un Païs de-
folé, par des troubles qui n'a-
voient que trop duré, & dont ils
vouloient voir la fin. Il eft, dis-je,
certain, que la declaration, &
les menaces de ces Habitans,
qui fouhaitoient alors ardemment la fin des defordres, firent
comprendre à Roland, malgré
fon imbecilité, qu'il ne pouvoit
plus fe maintenir dans la Revolte, & lui infpirerent des fentimens de foumiffion, qu'il voulut
fuivre d'abord, mais dans lefquels il n'eut pas la force de
perfeverer jufqu'à la fin.

Ainfi, dans le temps que tout
eftoit difpofé pour faire entrer
les Troupes par trois endroits
dans les Montagnes, Cavalier
alla trouver Mr. le Maréchal

à Andufe, à onze heures du foir,
pour lui dire, *que Roland vouloit fe rendre, & le prioit de lui
permettre de lui envoyer Mallié
& Matplas, qui eftoient les Chefs
de fon Confeil, pour traiter de fa
foumiffion.* Cette permiffion lui
fut accordée. Ces deux ridicules Plenipotentiaires arriverent
le lendemain matin : Ils parle-
rent en termes fort foumis : demanderent d'abord pardon pour
Roland, pour fa Troupe , &
pour toutes les autres Bandes;
& fupplierent Mr. le Maréchal
de leur donner une Copie de
l'Amniftie que le Roy vouloit
bien leur accorder , afin qu'ils
la puffent faire voir à tous les
Revoltez , & ramener par là
ceux qui eftoient encore dans
quelque défiance de ce pardon.

Sur cette demande , Mr. le
Maréchal fe trouva extrémement

ment embaraffé : Il voyoit d'un
cofté, que pour porter les Re_
belles à venir fe rendre avec
confiance, il falloit leur remettre entre les mains quelque Ti-
tre, qui les affuraft qu'ils ne fe_
roient point punis : D'un autre
cofté, il fçavoit, que, quoique
le Roy euft confenti à les pardonner, il n'avoit pas voulu
donner une Amniftie dans les
formes, pour des crimes auffi
atroces que ceux dont ils eftoient
coupables ; & il ne fçavoit comment faire pour les attirer, fans
violer les Ordres de Sa Majefté.
Mr. de Bafville le tira de cet
embaras, par un expedient dont
il s'avifa, qui fut, de leur faire
offrir des Billets de fureté fignez
de la main de Mr. le Maréchal,
par lefquels on promettoit le
pardon à ceux qui viendroient
fe oumettre, & rapporteroient

D

leurs armes. Cet expedient réuſ-
fit : On fit faire un trés-grand
nombre de ces Billets imprimez,
qu'on rempliſſoit du nom de
ceux qui en envoyoient demander ; & le ſuccés en fut ſi conſiderable, qu'on remarqua dans
la ſuite, qu'en moins de deux
mois, plus de ſix cent Fanatiques ſe ſoumirent.

Mr. le Maréchal fit donner
un de ces Billets aux Députez
de Roland, dont ils furent con-
tens ; & ils s'en retournerent,
promettant que dans deux ou
trois jours ils viendroient tous
ſe ſoumettre.

Avec d'autres Gens que des
Inſenſez, on auroit crû l'affaire
finie, d'autant plus que St. Pol,
qui commandoit la Cavalerie
de Roland, s'eſtoit déja venu
rendre avec quelques uns de ſes
Cavaliers ; mais on reconnut

pour la feconde fois , qu'il n'y avoit rien de fûr avec des Têres foles : En effet , Mallié & Matplas , conduits par Cavalier , ne furent pas plûtoft de retour , auprés de Roland , qu'il les gronda ; Ravanel l'avoit changé , & foûlevé cette Troupe , comme il avoit fait celle de Calviffon : non feulement ces Negociateurs de Paix furent trés-mal reçus , mais ils eurent affez de peine à fe garantir par la fuite des mauvais traitemens qu'on leur fit , & Cavalier faillit à eftre tué.

Roland , pour toute raifon de ce changement , dit au Sr. d'Aygaliers , qui fe trouva à cette émeute ; *Que le St. Efprit ne vouloit point cet accommodement* : Et ce difcours fut accompagné de plufieurs extravagances d'une vingtaine de Prophetes , qui fe mirent à fanatifer , & qui

acheverent de renverſer la cer-
velle, & à Roland, qui certainement avoit eu deſſein de ſe
ſoumettre, & à tous ceux dont
il eſtoit accompagné.

Ce fut ainſi que cette negociation de Paix fut entierement
rompuë, & qu'il fallut revenir
à la force. Mr. de la Lande eut
ordre de marcher du coſté d'A-
lais, Mr. de Menon vers St. Hipolite, & Mr. le Maréchal lui-
même partit d'Anduſe à minuit, pour tâcher de ſurprendre la Troupe de Roland à Car-
noules, où il avoit eu avis quelle eſtoit : il ne la manqua que
de deux heures ; elle avoit eſté
avertie de ſa marche, & s'eſtoit
ſauvée, & diſperſée dans les bois.

La courſe de nos Troupes ne
fut pas pourtant entierement
inutile : D'un coſté, Mr. de Menon ſurprit Roland dans le Châ-

teau de Prades, qu'il avoit fait inveſtir, & où il fut trouvé au lit ; mais par malheur il échapa, en chemiſe, des mains des Dragons : On crut, & il y avoit apparence, que l'un d'eux avoit reçû de l'argent pour le laiſſer ſauver ; on prit ſes habits, ſes armes, huit ou dix Bandits qui l'avoient accompagné, & tous leurs chevaux. D'un autre coſté, quelques Soldats trouverent dans un bois, les habits de Mallié & de Matplas, qu'on crut avoir eſté tuez par Ravanel, à cauſe qu'ils avoient conſeillé à Roland de ſe ſoumettre.

Cette activité de nos Troupes, à pourſuivre ſans ceſſe les Revoltez, & à ne leur donner aucun moment de relâche, en obligea alors pluſieurs à ſe rendre, les uns à Mr. de la Lande à Alais, les autres à Mr. de Grand-

Val à Lunel, la plûpart, & les principaux, allerent joindre Cavalier à Anduse; d'où, à mesure qu'ils arrivoient, on les envoyoit à Valabregue, Village situé dans une Isle du Rône, qu'on avoit choisi pour l'entrepost de ces Fols jusqu'à leur départ, à cause que là ils ne pouvoient ni s'évader, ni attirer le concours des Peuples, comme ils avoient fait à Calvisson.

Mr. le Maréchal fut alors obligé de quitter les Cevenes, pour aller donner ses soins à la deffense de nos Côtes, parcequ'il fut averti par Mr. le Comte de Toulouse, que la Flote ennemie estoit aux Isles d'Hieres, & qu'elle avoit débarqué à Ville-franche plusieurs Religionnaires, avec beaucoup d'armes & de munitions, qu'on avoit dessein de jetter dans le Païs revolté;

mais avant que d'en partir, il laiſſa pour regle à ceux qui y commandoient, de recevoir en tout temps à pardon, tous ceux qui ſe preſenteroient pour ſe ſoumettre ; & de pourſuivre cependant toûjours les autres avec toute la vivacité poſſible, afin de tâcher de faire en détail ce qu'on n'avoit pû executer tout d'un coup.

Ainſi, les Fanatiques preſſez par nos Détachemens, qui les pourſuivoient ſans relâche, & affamez par le défaut des vivres, que le Païs refuſoit de leur fournir, continuoient à ſe rendre de tous coſtez ; il y en avoit déja plus de cent à Valabregue ; ce nombre n'eſtoit pas conſiderable, mais c'eſtoient les principaux, & les plus dangereux de la Troupe de Cavalier : On trouva à propos de les fai-

D iv

re partir; ce que l'on fit le 21.
du mois de Juin, avec une escorte de Dragons, qui les con-
duisit jusqu'à Lion, pour les faire aller de là au vieux Brisac;
car la Cour avoit changé de
dessein, & mieux aimé les envoyer de ce costé-là, que de les
faire passer en Espagne, & Cavalier en avoit esté bien aise.

L'on sçut depuis, que cette
Troupe, qui estoit toute composée de Fanatiques, avoit fait
mille extravagances par tout où
elle avoit passé : que les Peuples
n'avoient pû souffrir leurs folies :
que la Cour avoit envoyé à Ma-
con, un Ordre à Cavalier de se
retirer, s'il vouloit, à Geneve,
avec ceux qui l'avoient suivi :
qu'ils y estoient allez, mais
qu'on n'avoit pas voulu les recevoir : que de là ils s'estoient
jettez dans la Val-d'Oste par-

mi les Barbets, où ils avoient fait affez mal leur devoir ; & qu'enfin, ils avoient efté envoyez en Catalogne, où ils furent prefque tous tuez, à la fameufe journée d'Almanza, en laquelle Mr. le Duc de Bervvik, qui commandoit l'Armée des Rois de France & d'Efpagne, remporta une victoire entiere fur celle des Alliez, commandée par le General Staremberg.

Quelques jours aprés que Cavalier fut parti de Vefenobre, Roland envoya encore deux Hommes à Mr. le Maréchal, pour lui dire qu'il eftoit preft à fe rendre, & pour lui demander une nouvelle affurance du pardon qu'on leur promettoit, difant, comme il eftoit vrai, que l'Ecrit qui lui en avoit efté donné, lui avoit efté pris avec fes habits, lorfqu'il avoit penfé

D v

estre pris lui même au Château de Prades ; mais, dans le temps qu'on se préparoit à lui donner les assurances qu'il demandoit, il fit sçavoir à Mr. le Maréchal qu'il souhaitoit de tout son cœur de se soumettre, mais qu'il ne pouvoit estre le maistre de sa Troupe, qui n'en vouloit rien faire : ainsi, il fallut encore pour la troisiéme fois, quitter la voye de la negociation, & revenir à celle de la force.

Je fatiguerois le Lecteur, si je m'arrêtois à lui raconter, combien de fois Roland, Catinat, Castanet, Joanny, & les autres Chefs des Fanatiques, promirent de se rendre, & combien de fois ils manquerent de tenir ce qu'ils promettoient : il suffira de dire ici, que pendant trois ou quatre mois, ces Esprits inquiets & flotants, entre le mal-

heureux penchant qu'ils avoient
pour la Revolte, & la neceffité
où ils fe trouvoient de fe retirer, par leur foumiffion, de l'extréme mifere où on les avoit réduits, en les affamant, & en les
pourfuivant fans relâche ; tantoft
reprenoient les armes, & renou-
velloient leurs meurtres ; tantoft demeuroient paifibles, &
fembloient avoir envie de fe
foumettre.

Ce fut dans un de ces inter-
vales de fureur, qu'ils affaffine-
rent cruellement le Sr. Daudé,
Juge du Vigan, & Subdelegué
de Mr. l'Intendant dans ce
Canton-là : c'eftoit un Homme
fort zélé, habile, & appliqué,
qui avoit trés bien fervi, & qui
fut extrémement regreté. Son
Fils, qui eft un Homme de merite, fut mis en fa place, à la
recommandation de Mr. de Baf-

ville, qui lui fit auſſi accorder quelque gratification de la Cour, pour le dédomager des pertes que ſon Pere avoit faites, & pour le récompenſer de ſes ſervices.

Cependant, on ſuivoit toûjours, avec beaucoup d'exactitude, la régle que Mr. le Maréchal avoit donnée; c'eſt-à-dire, que lorſque les Revoltez oſoient prendre les armes, & ſe mettre en campagne, nos Troupes les pourſuivoient vivement, & qu'il y en avoit preſque tous les jours de pris, ou de tuez; & que, lorſqu'ils venoient ſe rendre, & apporter leurs armes, ils eſtoient pardonnez, & qu'on leur donnoit des Paſſeports pour ſortir du Royaume; ou, s'ils aimoient mieux demeurer dans le Païs, on leur permettoit d'y vivre tranquilement, en donnant Caution de leur conduite.

Une chofe les empêcha en-core quelque temps de prendre ce dernier parti : Ils avoient fçû que la Flote ennemie, qui eftoit aux Ifles d'Hieres, leur portoit du fecours , & ils attendoient une Defcente fur nos Côtes : Nous eftions alors dans la fai_fon de la moiffon ; & plufieurs des Revoltez eftoient defcendus des Montagnes dans la Plaine , & s'eftoient mêlez parmi les Moiffonneurs, fans eftre connus, dans le deffein de s'approcher de la Mer , pour favorifer le dé-barquement de ce Secours.

Ce n'eftoit pas fans fonde-ment qu'ils attendoient ce Se-cours ; Mr. le Comte de Tou-loufe avoit fait avertir Mr. le Maréchal , que trois Tartanes, qui en eftoient chargées, eftoient parties de Ville-franche, efcor-tées par cinq Fregates Angloifes.

Sur cet avis, il avoit fait border
toute la Côte, depuis Cete,
juſqu'à Aiguemortes, par de
bonnes Troupes, & les Milices
du Païs; Il avoit même eu la
précaution de faire examiner
tous les Moiſſonneurs de la Plaine; & Mr. de Baſville qui connoiſſoit les Fanatiques à la mine,
en avoit démêlé lui-même un
trés grand nombre, qui l'eſtoient
effectivement, & qu'il avoit fait
enfermer dans la Citadelle de
Montpellier.

Mais on fut délivré de la crainte de cette Deſcente; & l'eſperance des Rebelles s'évanoüit
auſſi entierement dans le mois
de Juillet, quand on apprit que
ces Bâtimens avoient eſté bat-
tus d'une tempête, qui avoit
fait écarter les Fregates; qu'une
de ces Tartanes avoit eſté jettée ſur les Côtes de Catalogne,

d'où les Soldats mutinez s'estoient sauvez à Roses, ou dispersez dans le Païs; & que les deux autres avoient esté prises, avec cent cinquante Religionaires, par Mr. le Chevalier de Roanez, qui avoit esté envoyé à Cete avec quatre Galeres, pour la deffense de nos Côtes.

Quelques jours apres, deux Officiers des Ennemis, qui estoient François, & s'estoient trouvez parmi les Religionaires qu'on avoit pris sur les Tartanes, furent envoyez par Mr. de Grignan à Mr. de Basville, qui leur fit le Procés, avec le Présidial de Nîmes : L'un s'appelloit *Martin* ; il estoit de cette Ville, & avoit une Commission de Lieutenant, que Mr. le Duc de Savoye lui avoit donnée : L'autre s'appelloit *de Goulaine* ; il avoit une pareille Commission de la Reine d'Angleterre, & ſe diſoit Gentilhomme de Poitou, & Cadet de la Maiſon dont il portoit le nom , qui eſt une Maiſon de Bretagne. Le premier fut condamné au gibet, l'autre à avoir la tête tranchée ; & ils furent executez à Nîmes.

Ils avoüerent dans leur audition , qu'ils avoient eſté envoyez au Gouverneur de Nice par Mr. le Duc de Savoye : qu'on devoit faire la Deſcente prés d'Aiguemortes ; & qu'un Homme, appellé le Marquis de Guiſcard, & qui s'eſtoit ſauvé quand ils furent pris , devoit commander les Troupes du débarquement. Mais, Mr. de Baſville , qui leur demanda comment cet Homme eſtoit fait , reconnut, au portrait qu'ils lui en firent, que c'eſtoit un Abbé, dont je tairai ici le nom , pour l'honneur de ses Parens, qui tiennent un rang considerable en France, mais qui n'est que trop connu par sa vie déreglée, & pour avoir esté assez fol de quitter un gros Benefice, dans le dessein aussi chimerique que criminel, de s'aller mettre à la tête des Revoltez des Cevenes.

Ce Projet de Descente échoüé, & l'exemple de ces deux Officiers, consternerent extrémement les Rebelles ; mais ce qui arriva quelques jours aprés, les jetta encore dans une plus grande consternation. Roland, depuis la reddition de Cavalier, estoit reconnu, sans contredit, pour le General des Révoltez ; & c'estoit sur lui qu'ils fondoient toutes leurs esperances. Ce Roland, qui estoit pour le moins aussi furieux que celui de l'Arioste, avoit comme lui une An-

gelique , mais qui ne lui estoit
pas si cruelle, que l'estoit l'autre à cet ancien Heros ; c'estoit
la Fille d'un Gentilhomme Huguenot des Cevenes , appellée
de Cornely , dont il estoit amou-
reux , & bien traité ; car l'amour
attaque les Fanatiques comme
les autres Hommes , & un General a de grands privileges.
Cette Fille avoit esté arrêtée il
n'y avoit pas long-temps , pour
avoir reçu les Rebelles dans sa
Maison : mais Mr. de Basville,
qui estoit instruit de cette intrigue , avoit secretement donné les mains à son évasion , dans
l'esperance que l'envie de Roland pour la revoir , pourroit
contribuer à le faire prendre :
Et quand elle fut en liberté , il
chargea un Homme du Païs,
nommé *Malaré* , en qui il avoit
confiance, de l'observer de prés ;

il lui déclara fon deffein, & lui
promit cent loüis, fi par fon
moyen il y pouvoit réuffir. Cet
Homme s'acquitta parfaitement
bien de fa Commiffion ; & ayant
découvert que le 14. du mois
d'Aouft, Roland devoit aller
coucher au Château de Caftel-
nau, à deux lieuës d'Ufés, où
cette Fille lui avoit donné rendés-vous : Il en donna avis à
Mr. de Parate, qui commandoit dans cette Ville, à qui Mr.
de Bafville avoit fait connoiftre
Malaré, & qu'il avoit informé
du projet qu'il méditoit. Mr. de
Parate fit partir auffitoft Mr. de
Coftebadie, Commandant du fecond Bataillon de Charolois,
avec quelques Officiers de ce Regiment, & deux Compagnies de
Dragons de celui de St. Sernin.
Le Château fut invefti dans la
nuit : Roland y eftoit ; mais

comme apparemment il ne dormoit point, au bruit qu'il oüit, il se sauva à la faveur des ténebres. Dés qu'on se fut apperçu de son évasion, une partie du Détachement le suivit par où l'on jugea qu'il estoit passé. On le joignit bientost : & quand il se vit enveloppé de tous costez, il se jetta dans un Fossé, & tira un coup de fusil : Un Dragon, qui auroit mieux fait de le laisser prendre en vie, lui tira un coup du sien, & l'étendit roide mort sur la place. On retourna au Château, qui avoit demeuré investi : La Demoiselle de Cornely ne s'y trouva plus ; elle avoit sans doute voulu suivre le destin de son Amant, & s'estoit sauvée avec lui ; ainsi elle ne fut point prise, soit qu'on ne songeast qu'à prendre Roland, soit que la complaisance que les Gens de guerre ont pour le Séxe, les portaſt à la laiſſer évader : Mais on y prit cinq des Principaux de la Troupe de Ro‑land, qui furent menez à Nî‑mes, où l'on porta auſſi le corps de leur Chef : Mr. de Baſville y fit le procés à ſa memoire ; il fut trainé ſur la claye, & jetté, pour eſtre brûlé, dans un bu‑cher, au pied duquel ces cinq Scelerats furent roüez vifs : Et Malaré, qui avoit donné l'avis, qui fut cauſe de cette capture, reçut la récompenſe qui lui avoit eſté promiſe.

Ainſi périt miſerablement ce redoutable Chef des Rebelles, dans le piége, où la paſſion de l'amour, & l'adreſſe de Mr. de Baſville, le firent tomber. Il avoit ſans doute mérité de fi‑nir ſa vie criminelle, par une mort plus infame, & plus cruel‑

le : mais comme il est certain
que dans le temps même qu'il
fut tué, il estoit dans le dessein
de se rendre bientost, peut-estre
fut-ce à cause de cela, que la
Justice Divine voulut lui épar-
gner les rigueurs, & l'ignominie
du dernier supplice.

La mort de Roland fut un
coup de foudre pour les Fanatiques ; ils en furent étourdis,
& presque tous conçûrent des-
lors le dessein de se soumettre :
Plusieurs commencerent d'abord
à se venir rendre ; & ils seroient
tous venus, si par son exemple,
& par sa fole opiniatreté, le fou-
gueux Ravanel ne les eust encore retenus dans la revolte.

C'estoit, ainsi que nous l'a-
vons dit, le plus brutal, & le
plus intraitable de tous leurs
Chefs : Les autres, comme Catinat, Joanny, Castanet & La-

rofe, avoient quelque étincelle de raifon, & comprenant qu'ils ne pouvoient plus fe foûtenir, fongeoient à accepter le pardon de leurs crimes; mais celui-là, qui n'eftoit guidé que par fa fureur, & qui tenoit plus de la Bête feroce, que de l'Homme, s'abandonnoit fans réflexion à l'impetuofité des noirs accez de fa manie, & ne vouloit entendre parler que de carnages & d'incendies.

Il eftoit de la derniere confequence de fe défaire de ce Monftre, ou de détruire la Troupe qu'il commandoit : fa tête, comme celles des autres Chefs des Rebelles, avoit efté mife à prix, mais on n'avoit pû réuffir par cette voye là : Mr. le Maréchal avoit fait faire dans les Hautes-Cevenes divers mouvemens aux Troupes, pour tâcher de le ſurprendre : elles y avoient tué pluſieurs Revoltez en differents endroits, & ruiné les Magaſins de leurs vivres; mais elles n'avoient pû tomber ſur la Troupe de Ravanel, qui avec environ trois cens Hommes, ſe tenoit caché dans les Bois des Montagnes les plus impraticables, & n'oſoit deſcendre dans le Plat Païs.

Pour le faire ſortir de ces retraites, où il eſtoit preſſé de la faim, Mr. le Maréchal, avec les Troupes qui l'accompagnoient, fit ſemblant de s'écarter des Montagnes, & s'arreſta ſecretement de nuit à Anduſe ; ne doutant point que Ravanel le croyant éloigné, ne deſcendiſt dans la Plaine, pour aller chercher des vivres aux Lieux qui avoient accoûtumé de lui en fournir.

Ce ſtratagéme réuſſit. A peine Mr.

Mr. le Maréchal fut arrivé à
Anduſe, qu'il apprit que laTrou-
pe de Ravanel eſtoit deſcenduë
du coſté de St. Beneſet : Il fit
faire auſſitoſt pluſieurs Détachemens, qui partirent à minuit;
& il envoya ordre à Mr. de
Courten Brigadier, de ſe poſter
au-deſſus de Ners, ſur la riviere du Gardon. Mr. de la Ro-
che, qui commandoit le ſecond
Bataillon de Hainaut, trouva
les Revoltez prés du Lieu de
Maſſane : il les attaqua vivement, & les pouſſa du coſté de
cette Riviere, qu'ils voulurent
paſſer à gué, pour éviter de
combattre; mais Mr. de Courten les ayant apperçus au paſſage, les fit charger par des
Dragons, commandez par Mrs.
Des-hutiers & de Ville-moul-
lin, Capitaines de Fimarcon,
ſoûtenus de quelque Infanterie.

E

Aprés une legere resistance, ils prirent la fuite. Ce ne fut qu'une déroute : Il y en eut plus de deux cent tuez sur la place ; le reste se sauva du costé de Bagards, où la garnison de ce Lieu, qui estoit sortie au bruit du combat, en tua encore plusieurs, & acheva presque de les détruire.

Nous ne perdîmes en cette action, qu'un Dragon, & deux ou trois Soldats. On crut d'abord que Ravanel avoit esté tué, mais on apprit deux jours aprés qu'il s'estoit sauvé, & que comme il sçavoit que c'estoit à lui principalement qu'on en vouloit, pour n'estre pas poursuivi, il avoit fait courir lui-même la nouvelle qu'il avoit esté tué ; ensorte que ce Gueux eut ceci de semblable au destin de Mitridate, qu'il évita d'estre pris, par le faux bruit de fa mort, qu'il prit foin de faire répandre aprés fa défaite.

Cet évenement, qui fit grand bruit dans les Cevenes, abattit entierement le courage des autres Chefs des Fanatiques. Catinat, qui eftoit auffi cruel que Ravanel, mais qui n'eftoit pas tout-à-fait fi abruti, comprit qu'il eftoit perdu, s'il ne fe rendoit : Il avoit efté battu quelques jours auparavant par un de nos Détachemens, & on lui avoit tué dix ou douze de fes Cavaliers des mieux montez, avec lefquels il voltigeoit fans ceffe dans la Plaine, & faifoit mille ravages : Il vint fe foumettre, avec le debris de fa Troupe. Caftanet fuivit de prés fon exemple, & ne put amener de la fienne, qu'une certaine Prophetefle, appellée *Mariette* ;

mais ce fut un bonheur pour le Païs: C'eſtoit une Furie, qui faiſoit égorger, par ſes Jugemens prophetiques, tous les Catholiques, ſur la vie deſquels elle eſtoit conſultée. Ces deux Chefs demanderent à aller à Geneve, avec cette Megere, & ils y furent conduits avec ſûre Eſcorte.

Il ne reſtoit d'autres Chefs, que Joanny & Laroſe, Lieutenans de Caſtanet. Celui-là faiſoit dire tous les jours à Mr. de Baſville, qu'il vouloit ſe ſoumettre, mais on ne s'arrêtoit point à ſes diſcours; & Mr. de la Lande le pourſuivoit vivement dans les Montagnes, pour l'y déterminer. Mr. Planque eſtoit aprés celui-ci, & avoit beaucoup plus de Troupes qu'il n'en falloit pour l'exterminer, s'il avoit pû le joindre. Ce Scelerat s'aviſa en ce temps-là, de la plus noire trahison qu'on se puisse imaginer : Il fit semblant de se vouloir soumettre, & donna pour cela rendés - vous à un Gentilhomme des Cevenes, nommé de Fesquet, à qui Castanet s'estoit déja rendu. Ce pauvre Homme, qui estoit trés-zélé pour le service du Roy, fut assez credule, pour se fier à la parole de ce Traitre, & pour aller sans précaution au lieu assigné ; mais il n'y fut pas plûtost arrivé, que le perfide Larose le fit tuer à coups de fusils. Mr. de la Lande estoit alors sur le point d'aller à un pareil Rendés-vous, que Joanny lui avoit donné pour se soumettre ; mais Mr. de Basville qui avoit esté informé de la triste avanture de l'autre, l'en empêcha, & le garantit peut - estre d'une semblable trahison.

Cependant, l'on comptoit déja

plus de six cent Fanatiques, qui
sur des Billets de sûreté qu'on
leur donnoit, s'estoient soumis
depuis deux mois en differents
endroits, & dont la plûpart
avoient apporté leurs armes. Ils
continuoient à se rendre tous
les jours : Et l'on sçut d'eux, en
ce temps-là, qu'entre les raisons
qui les y portoient, outre la mort
de Roland, la déroute de Ravanel, & la défaite de plusieurs
autres de leurs petites Bandes,
deux choses contribuoient encore beaucoup à leur soumission,
& la rendirent enfin generale.

La premiere, fut la découverte d'un grand projet de soulevement, qui se tramoit alors
dans le Dauphiné ; ensorte que
nos Rebelles qui en estoient in-
formez, attendoient impatiem-
ment que l'éclat en vint jusqu'à
eux, & demeuroient dans cette

efperance, opiniâtrément attachez à la revolte : mais Mr. de
Bafville découvrit ce projet, &
rompit toutes les mefures de
ceux qui le tramoient. Comme
il étendoit fa vigilence hors de
fon Département, & qu'il avoit
des Efpions, & des Gens affidez
dans les Provinces voifines du
Languedoc, qui l'avertiffoient
de tout ce qui s'y paffoit, il eut
quelque vent de ce qu'on pro-
jettoit dans le Dauphiné, & y
envoya auffitoft le Sr. du Molard, un de fes Subdeleguez,
dont nous avons déja parlé. Cet
Homme, habile & zélé, parcourut fecretement cette Province ; il y découvrit toute l'intrigue ; en donna connoiffance
à ceux qui y commandoient, &
leur donna le moyen d'affoupir
entierement cette conjuration
dans fa naiffance.

E iv

La ſeconde choſe qui contribua beaucoup à porter les Revoltez à une ſoumiſſion generale, fut la précaution qu'eut encore Mr. de Baſville, de faire
détruire une ſeconde fois les
Maiſons champêtres, que pluſieurs Païſans, qui favoriſoient
les Rebelles, s'eſtoient haſardez
de faire rebâtir, dans les Parroiſſes qu'on avoit renduës in-
habitables ; en ſorte que les
Fanatiques retrouvant en ces
Lieux là des retraites, & des
Gens qui leur fourniſſoient des
vivres, demeuroient attachez à
la revolte : Mais quand ils virent qu'on leur ôtoit entierement cette derniere reſſource,
ils ſongerent tout de bon à avoir
recours à la clemence du Roy,
& à accepter le pardon qu'on
leur offroit.

Je pourrois ici ajoûter, à pro-

pos de ce que je viens de dire,
une troifiéme chofe, qui porta
le plus grand nombre des Rebelles à fe foumettre ; ce fut le
defir que chacun d'eux avoit
de retourner dans fa Maifon, &
de la rebâtir : En effet, la plûpart, aprés s'eftre foumis, ai-
merent mieux demeurer dans les
Lieux de leur naiffance, pour y
cultiver leurs champs, que d'aller dans les Païs étrangers pour
y exercer leur Religion.

Surquoi je dirai ici, que parmi
les raifons dont Mr. de Bafville
fe fervit, pour porter la Cour
à confentir à la devaftation des
Parroiffes fufpectes, & que j'ai
rapportées ci devant, il écrivit
aux Miniftres, que fans doute,
ce defir qu'auroient de retourner dans leurs habitations ceux
qu'on en chafferoit alors, fer-
viroit quelque jour à les faire

E v

rentrer dans leur devoir ; ce qui ne manqua pas d'arriver juste-ment comme il l'avoit prévû ; tant l'amour du Païs natal est naturel, & a de pouvoir, même sur l'esprit de ceux qui, comme nos Fanatiques, n'ont aucun sen-timent d'humanité, puisqu'ils le prefererent alors à leur Religion.

Les Rebelles venoient donc se rendre en ce temps-là de tous costez ; mais pour hâter leur sou-mission, on ne perdoit plus de temps à les attendre, comme l'on avoit fait, parcequ'on ne se fioit plus à leurs promesses : Nos Troupes les poursuivoient sans relâche, tuant sans quartier tous ceux qu'elles trouvoient encore par ci par là les armes à la main ; car ils n'avoient plus que de pe-tites bandes de Voleurs, qui er-roient de toutes parts, comme des Loups affamez.

Celle de Joanny, qui eſtoit la plus nombreuſe, eſtant compoſée d'une cinquantaine de Bandits, fut alors rencontrée par un des Détachemens de Mr. de la Lande, qui les tua tous ſur la place, à la reſerve de huit ou dix, qui ſe ſauverent avec leur Chef.

Ce Miſerable délibéroit depuis long-temps de ſe ſoumettre, mais il avoit beſoin de ce châtiment pour ſe déterminer. Le lendemain de cet échec, il vint ſe rendre à Mr. de la Lande, avec le debris de ſa Troupe, & lui porta quarante fuſils, l'aſſurant qu'il en rapporteroit encore bientoſt pluſieurs autres ; car on avoit une trés-grande attention à faire deſarmer le Païs ; & par le conſeil de Mr. de Baſville, chaque Officier, dans l'étenduë de ſon inſpection, avoit

E vj

ordre d'y faire une recherche
exacte de toutes les armes, &
de les faire rendre.

Ce Joanny eſtoit un homme
d'environ quarante ans : Il avoit
eſté Maréchal des Logis. Dés
qu'il ſe fut ſoumis, il promit à
Mr. de Baſville, qu'il tâcheroit
de reparer les maux qu'il avoit
fait, par les ſervices qu'il rendroit à l'avenir. On reconnut en
lui de bonnes diſpoſitions, &
l'on jugea à propos de l'employer dans les Hautes Cevenes,
où il eſtoit fort accredité : En
effet, dans un voyage qu'on lui
permit d'y faire, il ramaſſa pluſieurs fuſils, qu'il fit apporter à
Mr. de la Lande, & obligea un
grand nombre de Revoltez à ſe
ſoumettre.

Dans un autre voyage qu'il
y fit auſſi avec permiſſion, il ame-
na dix-huit Prophetes ou Pro-

phetefles, qui auroient infecté
le Païs, & les remit entre les
mains de Mr. de Bafville, qui
les fit conduire à Geneve, &
qui, pour récompenfer Joanny,
ou pour l'éloigner, lui fit donner une Lieutenance, & l'envoya en Efpagne ; d'où il fe fauva
enfuite pour aller en Roüergue,
où il fut arrêté, & amené à Mr.
de Bafville, qui eut encore non-
feulement la bonté de lui pardonner, parcequ'il avoit fait
cette efcapade fans aucun mauvais deffein, mais encore parceque Joanny lui témoigna qu'il
feroit bien aife de demeurer
dans la Province ; pour l'obliger
à eftre fage, & le retenir dans
le devoir, il lui fit donner une
penfion de cent écus, & un petit Emploi dans les Gabelles du
cofté d'Agde.

Mais enfin, l'envie le prit d'al-

ler revoir les Cevenes : Il est
vrai qu'il en demanda la permission, mais, quoique tout y fust
alors tranquile , on ne trouva
pas à propos de la lui accorder.
Il partit sans congé, & contre
la deffense qui lui en fut faite.
On le fit suivre : Il fut arrêté
auprés de Montvert ; & dans le
temps que l'Escorte qui le menoit passoit sur le Pont de ce
Lieu , il se jetta tout-d'un-coup
en bas , pour se sauver : Les Soldats, qui ne voulurent pas sau-
ter comme lui , & qui craigni-
rent qu'il ne s'échapât, s'ils faisoient un trop long détour ,
pour le reprendre, lui tirerent
quelques coups de fusils, dont
il fut tué sur la place.

Il est remarquable, que c'estoit sur ce même Pont qu'il se
postoit ordinairement, lorsqu'il
estoit parmi les Rebelles, pour

attendre les Paffans : C'eftoit
là qu'il avoit fait trainer le Corps
de l'Abbé du Cheyla ; & qu'il
avoit égorgé plufieurs Anciens.
Catholiques. Enforte qu'il femble que la Providence , aprés
l'avoir fupporté quelque-temps ,
l'avoit enfin amené là , pour le
punir de fes crimes , au même
lieu où il avoit accoûtumé de
les commettre.

Larofe fuivit de prés l'exemple de Joanny , & fe rendit. *Fi-
del* , *Salles* , *Boileau* , *Marion* ,
Lavalette , & quelques autres
Scelerats, inconnus jufqu'alors ,
mais qui s'érigerent en petits
Chefs, aprés que les principaux
eurent efté détruits, ou fe furent
rendus , fe foumirent auffi , &
amenerent avec eux un trés-
grand nombre de Fanatiques,
dont quelques-uns demanderent
d'aller à Geneve ; & la plûpart,

comme nous l'avons dit, aime-
rent mieux demeurer dans le
Païs, en donnant Caution de
leur conduite.

Le seul Ravanel demeura opiniâtrément attaché à la revolte, & refusa de se soumettre,
quoiqu'il l'eust promis ; soit que
sa fureur le retint dans la ré-
bellion ; soit qu'il se sentist si
coupable, qu'il n'osa se presenter : Mais, s'il ne se rendit point,
il se cacha si bien, qu'il fut impossible de le trouver ; & se vit
si abandonné de tous les Rebelles, qu'il se trouva seul, & qu'on
eut lieu de croire qu'il n'estoit
plus à craindre.

Et ainsi finit, dans les derniers
mois de l'année 1704. cette grande Revolte, qui avoit duré si
long-temps, coûté tant de sang,
fait périr tant de Prêtres, brûler tant d'Eglises, détruire tant

d'habitations, & ravagé prefque entierement un des plus
beaux Cantons de Languedoc.

Quand Mr. le Maréchal &
Mr. de Bafville virent qu'il n'y
avoit plus un feul Rebelle, qui
ofaft paroître armé dans les Cevenes, & que la tranquilité y
eftoit revenuë, ils tournerent
toute leur attention à faire enforte qu'elle ne pût plus à l'a-
venir y eftre troublée ; & pour
cet effet ils s'appliquerent à trois
chofes :

La premiere, fut de faire accorder une exemption de tailles
& de toutes fortes de fubfides,
aux Habitans du Païs dont on
avoit efté obligé de brûler les
Habitations, afin de leur donner le moyen de fe rétablir, de
rebâtir leurs Maifons, & de reprendre la culture de leurs
champs ; prévoyant bien que

des Gens , qui se verroient
exempts de charges , & tranquiles dans leurs heritages, ne
songeroient plus à ralumer des
feux dont ils avoient esté devo-
rez , & ne s'occuperoient que
du soin de leurs petites affaires.
En effet, depuis ce temps-là, ces
Cantons , qui estoient les plus
remuans des Cevenes, sont main-
tenant les plus paisibles, & sont
même aujourd'hui plus riches
qu'ils ne l'estoient avant leur
destruction.

La seconde, fut de faire une
exacte recherche de tous les fusils, & de toutes les armes qui
estoient entre les mains des Religionnaires, & de les obliger à
les rendre; sçachant bien que
ce n'estoit pas de leur bon gré
qu'ils s'estoient soumis, mais par
la force : Ensorte que ne pouvant pas changer leur cœur, &

leurs inclinations portées au mal,
ils crurent qu'il eſtoit de la prudence, de leur ôter du moins
tous les moyens de mal-faire.

La troiſiéme, fut de faire
garder, avec la derniere exactitude, tous les paſſages du Rône, tant du coſté du Dauphiné, que de celui de Languedoc;
ne doutant point, que pluſieurs
de ceux qui eſtoient ſortis des
Cevenes, ne tentaſſent bientoſt
toutes ſortes de moyens pour y
rentrer, afin d'y renouveller les
troubles, ainſi qu'ils tâcherent
de le faire quelque-temps aprés.

Ce ne furent pas les ſeules
précautions que prirent Mr. le
Maréchal & Mr. de Baſville,
pour empêcher les troubles de
recommencer : Ils ſçavoient
qu'on ne peut ſi bien éteindre
un grand embraſement, qu'il
n'en reſte toûjours des étincel-

les, qui couvent quelquefois long-temps ſous la cendre, & ralument le feu lorſqu'on y penſe le moins: Ils n'ignoroient pas que Ravanel, & d'autres Boute-feux, dont on apprit alors les noms, comme *Clary*, *Abraham* & *Moyſe*, avoient demeuré cachez dans le Païs, & n'attendoient qu'une occaſion, pour y ſoûlever de nouveau des Peuples encore entêtez du Fanatiſme, & naturellement portez à la revolte.

Pour prévenir donc ce malheur, ils firent faire en divers Lieux, de nouveaux enlevemens de pluſieurs Perſonnes ſuſpectes, qui furent tranſportées ailleurs: Ils rendirent, par leurs Ordonnances, les Peres & les Meres reſponſables des maux que feroient leurs Enfans; & ils poſterent ſi bien les Troupes du Roy

qui furent laiſſées dans les Cevenes, pour les contenir, qu'elles pouvoient veiller partout, &
accabler le premier qui feroit
mine de vouloir remuer. Les
Officiers qui les commandoient,
eurent auſſi ordre de les feparer
par Pelotons , & de chercher
continuellement Ravanel & ſes
Adberans ; avec promeſſe de récompenſe à ceux qui pourroient
les déterrer, & les faire prendre
morts ou vifs.

Ce fut par cette conduite, &
en mêlant avec prudence le pardon au châtiment , & la douceur à la force , qu'ils vinrent
enfin à bout d'un ſi important
& ſi difficile ouvrage. Il eſt vrai
que ce qui contribua le plus à
le finir, c'eſt que depuis le premier jour que Mr. le Maréchal
de Villars entra dans la Province , juſqu'à ce qu'il vit le feu de

la revolte entierement éteint, & le dernier des Fanatiques rendu, il ne cessa jamais un seul moment d'agir, avec toute la vivacité possible.

Sur quoi je croi devoir dire ici, que lorsqu'il eut esté nommé par la Cour pour cette expedition, plusieurs crurent qu'un General qui venoit de commander nostre plus grande Armée, & de remporter des victoires éclatantes sur nos plus redoutables Ennemis, auroit quelque peine à s'appliquer comme il faut à une guerre qui ne paroissoit pas fort honorable, & qui ne lui promettoit pas des lauriers, comme ceux qu'il venoit de cueillir sur les bords du Rhin, & en Allemagne ; mais il est certain, que lorsqu'il eut connu de quelle importance il estoit pour le Royaume, de mettre fin à ces troubles , & combien il eſtoit difficile d'en venir à bout ; ſoit que les Grands Hommes ne trouvent rien au-deſſous d'eux, quand il s'agit de ſervir leur Prince ; ſoit qu'ils aiment à ſe roidir contre les difficultez , & à réuſſir dans tout ce qu'ils entreprennent ; il eſt , diſ-je , certain, qu'il s'appliqua de toutes ſes forces à exterminer les Monſtres qui ravageoient les Cevenes depuis ſi long-temps : trouvant peut-eſtre d'ailleurs un ſecret plaiſir d'eſtre conforme en cela à ces anciens Heros , qui s'eſtoient occupez à purger la terre de ceux dont elle eſtoit infectée.

Ce qui l'engagea encore à s'y appliquer fortement , fut l'étroite liaiſon qui ſe forma d'abord entre lui & Mr. de Baſville , & la parfaite intelligence

qui fut toûjours entr'eux , par
le zéle dont ils brûloient également l'un & l'autre pour le
bien public, & le fervice du Roy.

L'on regarda , au refte , comme un trés grand bonheur, que
ce foûlevement prodigieux fe
trouvaft affoupi dans le cœur
du Royaume , vers la fin de l'année 1704. puifque ce fut jufte-
ment en ce temps.là , que les
longues profperitez dont la France avoit joüi au dehors , furent
interrompuës; & que la Providence , qui éleve & abaiffe les
Empires comme il lui plaift ,
nous fit alors connoiftre , par
ce qui fe paffa de trifte pour
nous en Allemagne le 13. d'Aouft,
que nos malheurs alloient commencer.

Il eft vrai que dans ce temps.
là , Mr. le Duc de Vendôme
faifoit encore triompher nos
armes

armes en Piémont ; & que le 24. du même mois, Mr. le Comte de Toulouse , nôtre Amiral , remporta une celebre Victoire contre les Flotes des Anglois & des Hollandois , qu'il chassa de nos Mers ; mais il est certain , que si , lors de la fatale journée d'Hocstet , les Fanatiques n'a- voient esté entierement détruits , & les Cevenes mises hors d'é- tat de pouvoir rien entrepren- dre , les Mal-intentionnez n'au- roient pas manqué , selon leur coûtume , de se prévaloir de ce malheur ; & peut-estre , ce Païs dangereux , qui est aujourd'hui si tranquile , seroit il encore plus agité que jamais.

Quand les troubles y furent appaisez , Mr. le Maréchal re- çut ordre de se rendre auprés du Roy , & il partit de Lan- guedoc le 6. de Janvier de l'an-

F

née 1705. Aprés le service important qu'il avoit rendu à la Province, il y auroit esté extrémement regreté, si tout le monde
n'avoit jugé, qu'on ne le rap-
pelloit que pour le remettre à
la tête de nôtre grande Armée,
& servir l'Etat encore plus uti-
lement qu'il ne venoit de faire.

En effet, cette même année,
il arrêta en Flandre ce fier Anglois, qui enflé du succés d'Hocf-
tet, s'estoit vanté hautement,
qu'il entreroit en France; car il
n'osa accepter la Bataille, qu'il
lui présenta, & se retira de devant lui, à la faveur de la nuit.

L'année d'aprés, il l'alla chercher, le combatit, & arrosa de
son propre sang le Champ du
combat, qui, à cause de leur
grand nombre, resta veritablement aux Ennemis, mais si jon-
ché de leurs Morts, qu'ils per-

dirent l'envie de donner des Ba-
tailles contre nous à l'avenir, &
ne s'attacherent plus pendant le
cours de la guerre, qu'à faire des
Siéges, parcequ'ils avoient plus
de Troupes, & plus de commo-
ditez que nous, pour en entreprendre.

Et enfin, dans la Campagne de
la presente année, en laquelle,
aprés avoir détaché du parti de
nos Ennemis cette vaillante Nation, à laquelle seule ils estoient
redevables de leur prosperité, il
vient de mettre le comble à sa
gloire, en rétablissant hautement
les affaires de la France, par des
succés éclatans, & en remportant
des avantages, qui nous ont pro-
curé cette heureuse Paix, qui
estoit si ardemment desirée de
tous les Peuples de l'Europe.

Fin du premier Livre.

F ij

HISTOIRE
DU FANATISME
DE NOSTRE TEMPS.

LIVRE SECOND.

Lorsque Mr. le Maréchal de Villars fut rappellé de Languedoc, la Cour choisit Mr. le Duc de Bervvick pour y commander. Ce digne choix remplit de joye tous les Peuples de cette Province, où la renommée avoit déja appris à tout le monde, que, dans la derniere revolution de l'Angleterre, cet illustre Etranger avoit cherché un azile en France, & suivi la fortune d'un grand Roy, auquel il estoit encore plus attaché par les vertus chrétiennes & heroïques, qu'il lui avoit transmises, que par les liens du sang qu'il en avoit reçû.

Cependant, comme tout estoit alors tranquile dans les Cevenes, & qu'il n'y avoit plus de Revoltez qui osassent paroistre les armes à la main, il ne se rendit dans la Province que deux mois aprés le départ de Mr. le Maréchal de Villars.

Mais, pendant cet intervale de temps, Mr. de Basville, qui regardoit la fin des troubles comme son propre ouvrage, parceque ceux que la Cour envoyoit pour commander les Troupes, se succedoient les uns aux autres, au lieu qu'il estoit toûjours fixe, & ne cessoit jamais d'agir, veilla avec tant d'attention à maintenir la tranquilité des Cevenes, qu'il n'y eut pas la moindre émotion en aucun endroit.

La plûpart des Troupes, dont on pouvoit se passer alors, avoient eu ordre de marcher vers nos frontieres, où la guerre estoit terriblement allumée, & où nous n'avions jamais eu tant d'Ennemis : Il ne restoit dans la Province que deux Bataillons du Regiment de Haynaut, trois de Suisses de celui de Courten, un de celui de Cordes, le Regiment de Dragons de St. Sernin, qui estoit en assez mauvais estat, les Compagnies des Fusiliers de Languedoc, & les Miquelets du Roussillon.

Avec ce peu de Troupes,

il falloit contenir un Païs de
plus de quarante lieuës d'étenduë, veiller ſur le Vivarés, &
garder tous les paſſages du Rône, depuis Lion juſqu'à l'embouchure de ce Fleuve : mais
Mr. de la Lande les avoit ſi bien
poſtées, & les tenoit dans des
mouvemens ſi vifs, par les preſ-
ſans avis qu'il recevoit ſans ceſſe de Mr. de Baſville, que les
Mal-intentionnez, dont il ne
reſtoit encore que trop, ne purent rien entreprendre ; & que
la plûpart de ceux qui eſtoient
ſortis des Cevenes, & qui tâcherent d'y rentrer, furent arrêtez.

Par ce bon ordre & cette
vivacité, rien ne branloit dans
le Païs qui ne fuſt d'abord ap-
paiſé : Aucun Scelerat, de ceux
qui y avoient demeuré cachez,
ne pouvoit paroiſtre, qu'il ne

fuſt découvert. Ravanel , qui
s'eſtoit tenu enfermé dans les
Cavernes des Montagnes, ayant
voulu ſe produire au jour , & ſe
montrer du coſté de Serviés ,
auprés d'Uſés , fut auſſitoſt vû
& pourſuivi : on le manqua mal-
heureuſement ; mais on prit un
inſigne Bandit , appellé *Criſtofle*,
qui ne le quittoit jamais , &
qui eſtoit le Compagnon de ſes
crimes.

D'un autre coſté Claris eut
le même ſort : le jour même
qu'il voulut ſortir de ſa Taniе-
re , pour épier s'il ne trouveroit pas quelques Brigands qui
vouluſſent le ſuivre , il fut apperçu , & vivement pourſuivi.
Son heure n'eſtoit pas encore
venuë : Il ſe ſauva à la faveur
des Bois, & de la nuit ; mais
on arrêta deux Hommes qui
eſtoient avec lui, & qui furent

F v

convaincus de l'avoir retiré &
nourri chez eux. Le Préfidial de
Nîmes condamna Criftofle, & ces
deux Malheureux, à la mort, &
on les executa fur les Lieux où
ils commettoient leurs crimes.

Par les mouvemens continuels
où eftoient nos Troupes, un des
Détachemens de Mr. de la Lande tomba alors fur dix ou douze Scelerats, qui compofoient
la Bande de Salles, lorfqu'il fe
foumit, & qui n'avoient pas voulu fe rendre comme lui : Il y en
eut quatre ou cinq de tuez : on
en prit fept en vie, dont deux,
qui avoüerent d'avoir affifté au
brûlement du Faubourg de Sommieres, y furent roüez vifs :
Les Juges condamnerent les autres au gibet ; & on les executa fur les Lieux qui avoient befoin d'eftre contenus par de pa-
reils exemples.

En ce même-temps, on arrêta auffi un Homme trés-dangereux, appellé *Boury*. Il avoit efté un des principaux Lieutenans de Cavalier ; s'eftoit foumis avec lui, & l'avoit fuivi à Geneve. Il en eftoit revenu, & avoit trouvé le moyen de fe jetter fecretement dans les Cevenes, pour y fonder les efprits, & tâcher d'y renouveller les defordres : mais ayant connu qu'il n'y avoit rien à faire, & voulant s'en retourner d'où il eftoit venu, il fut pris fur le Rône, aprés avoir efté bleffé dangereufement, en fe deffendant : fa bleffure lui laiffa pourtant affez de vie pour eftre conduit à Ufés, où il expia par fon fupplice les crimes qu'il y avoit commis.

Il fe répandit alors un bruit, que Catinat eftoit revenu de Geneve, & fe tenoit caché dans

les Cevenes; mais par la recherche exacte qu'on en fit de tous
coftez, on reconnut que c'eftoit
un faux bruit que les Mal-intentionnez avoient fait courir.
Cependant, par les perquifi-
tions qu'on faifoit, on trouva
dans une Caverne des hautes
Montagnes, deux Mortiers,
dont les Fanatiques fe fervoient
pour faire la Poudre; & les deux
Ouvriers qu'on fçavoit y avoir
travaillé, furent arrêtez, &
punis.

Mr. de Bafville fit auffi en ce
temps-là une découverte trés-
importante pour la fûreté du
Païs. Il fçavoit que nos Ennemis avoient efté trés mortifiez
d'apprendre le calme des Cevenes, & faifoient tout ce qu'ils
pouvoient pour le troubler :
Que dans ce deffein, ils envoyoient de l'argent à Geneve,

d'où on le faifoit paffer dans la Province, pour eftre diftribué à ceux qui eftoient propres à y ex_citer de nouveaux defordres. Il s'appliqua à démêler cette affaire : & par des Gens affidez qu'il entretenoit dans les Païs étrangers, il fut averti qu'un Homme, appelle *Flotard*, rece_voit cet argent à Geneve, & l'envoyoit à un Habitant du Païs, nommé *Maillé*, qui en eftoit le diftributeur. Il fit ar_rêter ce dernier, & l'on trouva fur lui deux cens écus, qui ef_toient le refte de quatre cent, qu'on découvrit lui avoir efté portez par un Dragon deferteur, en deux Lettres d'échange, ti_rées fur Galdy & Fefquet Ban_quiers affociez de Montpellier, qui, ne fçachant rien de l'em_ploi qu'on en vouloit faire, les avoient acquittées trés , inno_

cemment, ainſi que Mr. de Baſville le vérifia par l'examen qu'il
alla faire lui-même dans leurs
Maiſons de tous leurs papiers.

L'on differa quelque temps à
juger Maillé, ſoit qu'on n'euſt
pas d'abord toutes les preuves
neceſſaires, ou qu'on vouluſt ſe
ſervir de lui pour découvrir à
fonds une affaire ſi conſiderable; mais enfin, aprés qu'il eut
declaré tout ce qu'il ſçavoit, &
qu'on eut une conviction entiere de ſon crime, il en fut puni, comme il le meritoit.

Il eſt certain, que par cette
découverte, Mr. de Baſville arrêta le cours de l'argent des
Etrangers, qui eſtoit capable de
rallumer le feu qu'on venoit d'é-
teindre; & que, par le ſupplice de Maillé, & les ſoins qu'il
prit enſuite d'obliger Flotard à
s'enfuir de Geneve, il fit perdre

l'envie de les imiter, à ceux qui auroient pû fe mêler de ce criminel commerce.

Tandis qu'on faifoit ces découvertes & ces pourfuites, on continuoit toûjours à faire une recherche exacte des armes qui eftoient cachées dans le Païs, & on en découvroit tous les jours : Ceux des Rebelles qui avoient differé à fe foumettre, venoient fe rendre, & l'on arrêtoit de temps en temps ceux qui refufoient de venir.

Il y eut alors quelques petites Affemblées de Religion en divers endroits, dans les Boutieres en Vivarés, aux Portes de Nîmes, prés de Valmagne, du cofté de Montpellier, & quelqu'unes dans le Diocéfe de Caftres; mais toutes ces Affemblées, quoique convoquées de nuit, & fecretement, furent découver-

tes, & diffipées par la diligence de ceux qui veilloient à la
tranquilité publique : les Prédicans, & plufieurs de ceux qui
y avoient affifté, furent arrêtez
& punis : Mr. de Bafville fit
même rafer, en certains Lieux,
les Maifons & les Granges où
elles avoient efté faites. Ainfi,
l'on arrêta bientoft le cours de
ce zéle inconfideré des Religionaires, qui auroit eu peut-eftre
des fuites fâcheufes, fi l'on n'y
euft promptement remedié.

La Femme de Caftanet, cette cruelle Prophetefle dont nous
avons déja parlé, connuë fous
le nom de Mariette, revint en
ce temps-là de Geneve, où elle avoit efté envoyée, & ofa fe
prefenter à Mr. de Bafville, difant qu'elle avoit efté obligée
d'en partir, parcequ'elle n'y
avoit pas dequoi fubfifter, & de-

mandant un Paſſeport pour en faire revenir ſon Mari : mais, Mr. de Baſville, qui eſtoit averti de tout ce qui ſe paſſoit parmi ceux qui y avoient eſté envoyez, & qui avoit eu avis qu'elle & Caſtanet en avoient eſté chaſſez, pour y avoir fanatiſé publiquement, la fit arrêter, & enfermer dans la Citadelle de Montpellier ; il lui auroit même fait ſon procés, pour eſtre revenuë ſans permiſſion, ſi elle ne s'eſtoit trouvée enceinte, & s'il n'avoit eſperé par ſon moyen de faire prendre Caſtanet, qu'il ſçavoit eſtre parti de Geneve, dans le deſſein de venir ſe rejetter dans les Cevenes.

L'on ſurprit auſſi alors dans une Maiſon de Caveyrac, deux grands Scelerats, appellez *Patus* & *Deleuze* : ils travailloient à ſoûlever la Vau. Nage, Can-

ton rempli de Religionaires :
C'eſtoient les deux plus méchans
Hommes qui fuſſent parmi les
Fanatiques, & pour tout dire,
les Camarades de Ravanel. Mr.
de Baſville les faiſoit chercher
depuis long temps ; mais enfin
on les trouva : Patus voulut fuir,
& fut tué d'un coup de fuſil,
mort trop douce pour un ſi infame Brigand : Deleuze fut pris,
conduit à Montpeilier, & condamné à la roüe.

Cependant le Prédicant Caſtanet, indigné de l'affront qu'on
lui avoit fait à Geneve, s'en
éloignoit peu à peu, maudiſſant
cette ingrate Jeruſalem, qui mal-
traitoit les Prophétes qui lui
eſtoient envoyez, & ſuivant in-
ſenſiblement la route que ſa Femme avoit tenuë, entrainé par le
deſir de la rejoindre, & de retourner dans un Païs où l'on

avoit plus de respect pour ses Propheties.

Mr. de Basville en fut d'abord averti; & comme il eut aussi avis que plusieurs autres estoient partis de Geneve, dans le dessein de rentrer dans les Cevenes, il redoubla aussitost les Postes, & excita la vigilence de ceux qui gardoient les passages du Rône du costé de Languedoc, depuis son embouchure, jusqu'au Vivarés : Il manda à Mr. de Julien d'en faire de même dans ce Canton, & sur tout aux bords de ce Fleuve habitez par des Religionaires : mais, parcequ'il estoit important que le Rône fust aussi gardé du costé du Dauphiné, qui n'estoit pas de son Département, il écrivit à la Cour, afin qu'on donnast les ordres necessaires pour cela.

Il ne se contenta pas d'avoir

pourveu à la sureté de ces Passages : Il sçavoit qu'en passant
prés de Lion, on pouvoit descendre, & entrer dans les Cevenes par le Velay ; il y fit mettre des Gardes. Et parcequ'en
faisant un plus grand détour, on
y pouvoit aussi pénetrer par l'Au-
vergne, il écrivit à tous ceux
qui commandoient en ce Païs-
là, d'estre attentifs aux Postes
qu'on y avoit établis.

Par ces précautions, dont on
estoit informé dans les païs
étrangers, on empêcha plusieurs
Scelerats d'oser entreprendre de
passer ; on arrêta ceux dont nous
avons déja parlé, & quelques
autres encore de moindre consequence, qui ne méritent pas
d'avoir place dans cette Histoire.

Le Prophéte Castanet, averti par la renommée, & de la
prise, & des supplices de ses

Confreres, s'avançoit à petites journées, dans la crainte d'un pareil fort ; & voyant bien qu'il ne pourroit pénetrer jufqu'où il avoit fait deffein d'aller, fans ufer de ftratagéme, il s'avifa de fe déguifer en Gueux. Il n'eut pas beaucoup de peine à fe traveftir de la forte : il avoit reçu de la nature, comme nous l'avons déja dit, un petit corps tout contrefait ; en forte qu'en ajoûtant à fa piteufe figure, quelques vieux haillons, & tout l'atirail de la gueuferie, il fe déguifa fi bien, que les plus clairvoyans, bien loin de foupçonner que ce qu'ils voyoient paffer fuft un Commandant des Fanatiques, eftoient plûtoft portez à lui donner l'aumône, qu'à fonger à l'arrêter.

Ce fut ainfi, comme il l'avoüa lui - même quelques jours

après, qu'en évitant les grands chemins, & gueufant de maifon en maifon, il fe gliffa du Dauphiné dans le Vivarès, & du Vivarés dans les Cevenes.

Tandis qu'il eftoit en chemin, il avoit eu la précaution d'écrire à la Femme, de le venir joindre à Valon en Vivarés, où il devoit fe rendre : mais, par les diligences qu'on faifoit par tout, fa lettre fut interceptée, & portée à Mr. de Bafville, qui envoya auffitoft un Homme en pofte à Valon pour le faire arrêter: on l'y manqua de trois heures ; & l'on y apprit feulement qu'il eftoit entré dans le Païs qui avoit efté le teâtre de fes crimes.

C'eftoit le plus dangereux de tous les Prédicans, & le plus capable d'exciter des troubles, parcequ'il avoit beaucoup plus d'esprit que les autres , & des manieres toutes propres à persuader le menu Peuple. Mr. de Basville, qui voyoit de quelle consequence il estoit, d'empêcher les progrés de ce Missionaire fanatique, & qui sçavoit les Lieux qu'il avoit accoutumé de fréquenter , y mit tout en mouvement pour le faire arrêter , & fur tout à St. André de Valborgne , où il faisoit sa résidence ordinaire.

Les choses estoient en cet estat, lorsque Mr. le Duc de Bervvick arriva dans la Province , le 19. du mois de Mars de l'année 1705. Tout y estoit alors paisible : les Chefs de la Revolte s'estoient rendus : les Fanatiques avoient mis bas les armes : on n'entendoit plus parler de meurtres & d'incendies ; & les Communautez accablées de ce qu'elles avoient souffert, paroissoient estre rentrées dans le devoir.

Mais, quoique le Païs fust tranquile au-dehors, les Peuples y estoient encore interieurement agitez, par les esperances du rétablissement de leur Religion, dont on les avoit flatez pendant les troubles, & dans lesquelles les Ennemis de la France les entretenoient sans cesse, par des Ecrits qu'on répandoit de tous costez, qui leur faisoient attendre des prompts secours d'Hommes & d'argent, pour renouveller les desordres ; en sorte qu'il en estoit des Cevenes comme des Mers, où aprés que les vents ont cessé de soufler, & que la tempête est appaisée, les flots ne laissent pas d'estre encore en mouvement, & tous disposez à de nouvelles agitations.

Mr.

Mr. de Bafville informa exactement Mr. le Duc de Bervvick de toutes ces chofes : Il lui fit connoiftre le génie des Fanatiques, & des Habitans des Cevenes : Il lui communiqua les avis qu'il recevoit de Geneve, par lefquels on lui mandoit qu'on follicitoit fans cefse ceux qui s'y eftoient refugiez, à retourner dans les Païs dont ils eftoient venus, pour y remettre le feu : Que plufieurs eftoient déja partis dans ce deffein, & que quelques uns pouvoient eftre rentrez : Enfin, il l'inftruifit de tout ce qui avoit efté fait par le paffé, pour appaifer la revolte; & ils formerent enfemble le plan de ce qu'il y avoit à faire à l'avenir, pour contenir des Peuples qui n'eftoient fages que par force, & par l'impuiffance de mal faire, où on

G

les avoit réduits.

Ils reſolurent donc de con-tinuer à faire garder les paſſa-ges avec toute la vigilance poſ-ſible , & à tenir le peu de Trou-pes que l'on avoit, dans un mou-vement continuel , afin de cher-cher ſans ceſſe , & de tous coſtez, ceux des Rebelles qui ne s'eſtoient pas encore ſoumis, de tomber ſur tous ceux qui cauſeroient les moindres émo-tions, & de faire par tout des perquiſitions exactes des armes qu'on pouvoit avoir cachées, malgré les ordres qui avoient eſté donnez de les rendre.

Et parceque la ſaiſon de la Navigation eſtoit venuë , & que Mr. de Baſville avoit auſſi eu avis que les Ennemis avoient embarqué ſur leur Flote plu-ſieurs Religionaires., avec des Officiers pour les commander,

quantité d'armes & de munitions, pour les jetter fur nos
Côtes, & les faire paffer dans
le Païs qu'on vouloit foûlever,
ils firent deffein d'aller vifiter
eux-mêmes tous les endroits où
la Defcente pouvoit eftre faite,
& de pourvoir à tout ce qui
eftoit neceffaire pour s'y oppofer.

Jamais précautions ne furent
prifes plus à propos : Il fe formoit alors fecretement, dans le
fein de la Province, un orage
terrible, & qui auroit fait plus
de ravages que l'embrafement
qu'on venoit d'éteindre, fi ceux
qui veilloient à la tranquilité
publique, n'en avoient découvert toute l'intrigue, ainfi que
nous l'allons raconter.

Caftanet n'eftoit pas le feul
qui euft eu l'adreffe d'entrer
dans les Cevenes; il eftoit im-

poſſible de garder ſi bien un Païs
d'un ſi vaſte circuit, que quelqu'un ne s'y puſt gliſſer adroi-
tement : Catinat, *Jonquet*, Lafleur, *Francezet*, & quelques
autres nouveaux Acteurs, qui
n'avoient pas encore parû ſur
la ſcene, trouverent le moyen
de s'y introduire ſéparément, &
déguiſez de differentes manieres. Ils y trouverent Ravanel,
Clary, & pluſieurs autres Scelerats, qui, en les attendant,
avoient roulé ſecretement de
tous coſtez, pour diſpoſer ceux
qu'ils ſçavoient eſtre de leur parti, à ſe tenir preſts pour un nouveau ſoûievement.

Cependant, comme ils ne
doutoient point que Mr. de Baſville n'euſt eſté averti de leur
retour, & qu'il ne mît tout en
mouvement pour les faire arrêter, ils ſe cacherent ſi-bien, en

fe féparant, & n'allant que de nuit, que pendant quelques jours on ne put fçavoir où ils eftoient, ni rien découvrir de certain de ce qu'ils tramoient dans le Païs, quoique, fur les avis qu'on avoit reçûs, on fuft affuré qu'ils y machinoient quelque chofe de nouveau.

Caftanet, qui eftoit entré le premier dans les Cevenes, fut arrêté le premier, le jour même que Mr. le Duc de Bervvick arriva à Montpellier; les inftructions, & les ordres que Mr. de Bafville avoit donnez, furent caufe de cette importante capture. Le Sr. de Muller, Lieutenant dans le Regiment de Courten, ayant efté averti par des Païfans, que ce Chef fanatique, accompagné de deux de fes Satellites, eftoit dans un Bois auprés du Lieu de Rivieres, il les

alla chercher avec un Détachement de cinquante Hommes :
Cependant , ayant prevû que
lorſque ces Bandits ſe verroient
pourſuivis , ils prendroient la
fuite, avant que de les relan-
cer comme il fit , en diviſant
ſes Gens par pelotons , il poſta
quelques Soldats de milice qu'il
avoit pris avec lui , dans un lieu
par où il jugea qu'ils paſſeroient;
cette précaution lui réuſſit ; ils
donnerent tous trois dans l'embuſcade , & ayant voulu l'éviter
en ſe ſauvant à toutes jambes,
le Sr. Julien, Lieutenant de Bour-
geoiſie , qui commandoit cette
Milice, en tua un , appellé *Bo-
yer* , d'un coup de fuſil ; on pour-
ſuivit les deux autres ; le Prophete , qui couroit le moins vite, fut bientoſt atteint ; quand
il vit qu'on l'alloit tuer , il cria
qu'on lui ſauvaſt la vie , & qu'il

eftoit Caftanet : On fe jetta fur
lui ; il fut lié, & conduit à Rivieres. L'autre, nommé *Valete*,
fameux Prédicant, gagna les
bois à la faveur de la nuit, mais
il fut pris le lendemain matin
par des Bergers, qui le menerent au même Lieu.

Ces deux Prifoniers furent
conduits à Montpellier, & jugez par Mr. de Bafville. Caftanet crut d'abord pouvoir jufti-
fier fon retour, en difant, *qu'il*
n'avoit aucun mauvais deffein, &
n'eftoit revenu dans le Païs ; que
parcequ'il n'avoit pas dequoi vi-
vre à Geneve ; mais on le força
d'avoüer, qu'il n'eftoit pas plu-
toft arrivé en Vivarès, qu'il
avoit fait une Affemblée fedi-
tieufe de plus de cent Perfonnes, dans une Caverne auprés
du Lieu de la Gorce. Il declara
enfuite, dans plufieurs interro-

gatoires, *qu'il y avoit un deſſein formé, de faire entrer dans les Cevenes, par le Dauphiné, ou par la Mer, une Troupe de Religionaires, avec des Officiers pour les commander, & qu'en attendant ce Secours, on avoit envoyé par avance des Emiſſaires, pour diſpoſer les eſprits à la revolte: qu'il eſtoit lui-même un de ces Envoyez: que Catinat eſtoit auſſi déja venu pour le même deſſein: qu'il avoit apporté de l'argent que les Etrangers lui avoient baillé pour le diſtribuer; & que pluſieurs autres eſtoient auſſi entrez dans le Païs qu'on vouloit ſoûlever.*

Aprés donc que, par l'adreſſe du Commiſſaire, ou par la violence de la queſtion, on eut tiré de lui, & de Lavalette, tout ce qu'on put leur faire avoüer, le Prophete, meurtrier & incendiaire, fut condamné à

la roüe; & le Prédicant, un peu
moins coupable, au gibet. Ils
moururent tous deux en veritables
bles Scelerats, fans aucun fentiment
ment de pieté, & fans le moindre
dre repentir de leurs crimes.

Comme c'eftoit fur l'avis que
les Habitans du Pais avoient
donné, qu'on avoit trouvé ces
trois Fanatiques, & que ces mêmes
mes Habitans avoient aidé à les
prendre, Mr. de Bafville leur
fit donner une gratification de
quatre cent livres, pour les exciter
citer à avoir la même attention
pour faire arrêter Ravanel, Clary
ry, & les autres qui eftoient encore
core cachez dans le Païs, &
qu'on cherchoit de tous côtez.

Cependant, quoique Caftanet
euft aflez parlé, & que Mr. de
Bafville euft reçû plufieurs avis
des Païs etrangers, de tous ceux
qui pouvoient eftre entrez dans

G v

les Cevenes, & de ce qu'on y tramoit; on ne pouvoit, ni découvrir où ces Scelerats se tenoient cachez, ni rien apprendre de précis de l'orage qui se formoit, & qui estoit prest à éclater.

Mr. le Duc de Bervvick fit alors une tournée dans tous les Cantons suspects, pour reconnoistre le Païs, & se montrer aux Peuples qu'on vouloit contenir; donnant partout les ordres necessaires pour y maintenir la tranquilité, & exhortant les Communautez à demeurer dans le devoir.

Il alla ensuite visiter les Côtes maritimes, depuis Montpellier jusqu'à Narbonne, examinant avec soin tous les endroits où les Ennemis pouvoient faire des Descentes, & ordonnant ce qu'il y avoit à faire pour les en empêcher : mais, parcequ'il y avoit beaucoup plus à craindre qu'ils ne tentaffent quelque débarquement depuis Aiguemortes jufqu'à l'embouchure du Rône, il alla auffi vifiter exactement cette Côte, avec Mr. de Bafville ; & ils pourvurent à fa fureté, en y mettant de bonnes Troupes, à portée d'aller où il feroit neceffaire, commandées par Mr. de Grandval, dont l'affiduité, la valeur & la vigilance, leur eftoient connuës, & qui s'eftoit rendu redoutable aux Revoltez, dans toutes les occafions où il s'eftoit trouvé:

Tandis qu'on prenoit ces précautions, les Troupes qui eftoient dans les Hautes Cevenes, & dans la Plaine, agiffoient fans relâche, par les ordres de Mr. le Duc de Bervvick, pour chercher partout ceux les Revol-

tez qui ne s'eſtoient pas encore ſoumis, & tous ceux qu'on
ſçavoit eſtre revenus des Païs
étrangers.

Par ces mouvemens conti-
nuels, on arreſta à Vauvert un
Homme très dangereux, appellé *Barandon*, qui s'erigeoit en
Prédicant, & qui fut auſſitoſt
condamné à mort : On ren-
contra auſſi deux Satellites de
Lafleur, dont l'un fut tué, l'autre pris, & puni ; & l'on obligea quelques uns de ceux qui
avoient differé leur ſoumiſſion
à ſe venir rendre.

Avec les précautions qu'on
venoit de prendre, & les diligences qu'on faiſoit de tous
coſtez, pour empêcher les Mal-
intentionnez de rien entreprendre, il y avoit long temps qu'on
n'avoit joüi dans la Province
d'une ſi parfaite tranquilité ;

mais, comme l'on voit que sur la Mer un calme profond est ordinairement suivi d'une violente tempeste, au moment que l'on croyoit n'avoir rien à craindre, la conjuration qui se tramoit secretement, estoit preste à éclater, & à exciter un grand orage. Nous verrons bientost quels estoient les Auteurs de cette entreprise; ce que les Conjurez avoient projetté de faire, & la conduite qu'ils tenoient : Mais voyons auparavant de quelle maniere la conspiration fut découverte.

On estoit sur la fin de la Semaine Sainte : Mr. le Duc de Bervvick, & Mr. de Basville estoient tranquiles à Montpellier; & tout le monde n'y estoit occupé que de la devotion du temps. Il y avoit encore alors dans les Prisons de la Citadelle

quelques Fanatiques, auprés
desquels on avoît mis l'Abbé de
Maffillan, vertueux Ecclefiafti-
que, pour en prendre foin : Et
comme il mêloit aux inftructions
qu'il leur donnoit, beaucoup de
charité, & les affiftoit dans leurs
befoins, il gagnoit quelquefois
leur confiance, & les portoit à
s'ouvrir à lui, fur plufieurs chofes qu'on eftoit bien aife de
fçavóir.

Un jour, qu'il avoit rendu
quelque fervice de cette nature
à un jeune Homme, appellé
Chevailler, qui avoit efté fort
accredité parmi les Rebelles,
celui-ci, en reconnoiffance du
plaifir qu'il venoit d'en recevoir, lui declara, *qu'on verroit
bientoft un évenement plus extraordinaire que tout ce que l'on avoit
vû par le paffé, & qu'il n'eftoit
pas même fort éloigné, puifqu'il*

arriveroit dans quatre ou cinq
jours.

L'Abbé le pria de lui dire ce
que c'eſtoit. Le Fanatique ajoûta, que Mr. de Baſville n'avoit
qu'à prendre garde à lui ; qu'on
avoit reſolu de le tuer, & d'enlever Mr. de Bervvick : qu'il y
avoit déja plus de trente Hommes
dans la Ville arrivez à ce deſſein :
qu'on n'attendoit plus que les Bandes que Ravanel & Catinat devoient amener, compoſées de leurs
Gens les plus hardis : que le jour
eſtoit pris le vingt-cinq du mois,
pour executer ce projet : qu'on devoit commencer par mettre le feu
au Grenier à foin de Mr. de Baſville, qui eſt devant ſa Maiſon ;
& que dans le temps que, pour y
mettre ordre, il en ſortiroit, ou
paroiſtroit aux feneſtres, il y auroit
des Gens poſtez pour lui tirer des
coups de fuſils. L'Abbé lui de-

manda s'il ſçavoit où eſtoient
logez ceux qui eſtoient déja ar‑
rivez dans la Ville: Il répondit
qu'il le ſçavoit, mais qu'il ne
pouvoit pas le dire, parcequ'il vou‑
loit bien donner avis du malheur
qui devoit arriver, afin qu'on le
prévint, mais, qu'il ne vouloit
pas eſtre la cauſe de la mort de
ſes Freres. L'Abbé fit tout ce
qu'il put pour le lui faire dire,
il n'en put venir à bout: il alla
ſur le champ decouvrir ce qu'il
venoit d'apprendre à Mr. deBaſ‑
ville, qui le renvoya encore au‑
prés de Chevailler, pour faire
un dernier effort, afin de lui
faire dire où ces Gens eſtoient
refugiez, parceque c'eſtoit prin‑
cipalement ce qu'il eſtoit eſſen‑
tiel de ſçavoir. L'Abbé y retour‑
nà; employa prieres & mena‑
ces, mais ce fut inutilement, &
il revint ſans rien obtenir.

Mr. de Bafville informa auffitoft Mr. le Duc de Bervvick
de toutes ces chofes; & ils con-
fulterent long-temps enfemble,
pour fçavoir ce qu'il y avoit à
faire, afin d'obliger Chevailler
à parler. Il fembla d'abord à
Mr. le Duc de Bervvick, qu'il
n'y avoit point d'autre parti à
prendre que celui de la tortu-
re; mais Mr. de Bafville, qui
connoiffoit le genie des Fanatiques, ne fut point de cet avis:
Il fçavoit par experience, qu'on
ne pouvoit rien arracher d'eux
par les tourmens : qu'ils parloient jufqu'à un certain point,
& jamais au delà : qu'ils en di-
foient même fouvent plus qu'il
n'en falloit pour les faire pendre, mais jamais affez pour
éclaircir les faits : & ainfi, au
lieu de la queftion, il propofa
un expedient, qui eut tout le

ſuccés qu'on en pouvoit attendre.

Ce fut, premierement, de
bien garder le ſecret ſur ce qu'on
venoit d'apprendre, & de faire
foüiller dans la nuit, par des
Détachemens, certaines Maiſons, dont les Maiſtres eſtoient
capables de retirer ces ſortes de
Gens; qu'il eſtoit impoſſible
qu'on n'y trouvaſt quelqu'un de
ces Scelerats; & que ſi l'on pouvoit parvenir à en prendre un
ſeulement, on auroit bientoſt
tous les autres.

Il eſtoit ſix heures du ſoir
quand on prit cette reſolution,
& à minuit on fit douze Détachemens, compoſez de Soldats
& d'Archers, à la teſte deſquels on mit des Gens aſſurez :
Mr. Dumayne, Lieutenant de
Roy de la Ville, leur aſſigna à
chacun les Quartiers qu'ils

avoient à visiter ; & ils partirent
tous à la fois de l'Hôtel de Ville à une heure aprés minuit ,
sans bruit & sans tumulte.

Ils foüillerent d'abord plusieurs Maisons inutilement : mais
enfin, le Sr. Jausserand Prévost
Diocesain, estant entré avec le
Sr. Vila Capitaine de Bourgeoi-
sie, dans une de celles qu'ils
avoient eu en partage, ils y trouverent trois Hommes couchez
à terre sur des matelas. Le Prévost les éveilla ; leur demanda,
qui ils estoient ; d'où ils venoient,
& ce qu'ils faisoient à Montpellier : & ayant remarqué quelque desordre dans leurs répon-
ses, & sceu qu'ils n'avoient point
de Passeports, il leur commanda de s'habiller promptement ,
& de le suivre.

L'un de ces trois estoit *Fles-*
sieres , Deserteur du Regiment

de Fimarcon , & celui qui eſtoit
principalement chargé du ſecret
de la coniuration : l'autre eſtoit
Gaillard , dit *l'Allemand* , qui
avoit eſté Soldat dans le Regiment de Haynaut, & le même,
qui quelque temps auparavant,
avoit eſté envoyé en Roüergue,
pour y porter la revolte , & le
troiſiéme eſtoit *Jean-Loüis* ,ſur-
nommé *le Genevois* ; il avoit
deſerté du Regiment de Courten , aprés avoir tué en duel un
de ſes Camarades ; & ne ſça-
chant où ſe refugier, il s'eſtoit
enrollé à Nîmes avec les Conjurez , à la ſollicitation de Ravanel & de Catinat.

Le deſtin de ces trois Hommes fut different , & aſſez ſin-
gulier. Fleſſieres, comme le plus
hardi, aprés que le Sr. Jauſſerand leur eut commandé de ſe
lever, faiſant ſemblant de pren-

dre ses habits qui estoient sur un coffre, il glissa ses mains pardessous, & les porta sur deux Pistolets qu'il banda : Le Prévost ayant oüi le bruit du ressort, se jetta sur lui, & le saisit par derriere : Flessieres ne pouvant se tourner, lui tira pardessus l'épaule un coup de Pistolet, qui lui brûla les cheveux seulement, & blessa à la main le Valet du Sr. Vila, qui portoit un Fanal : Le Sr. Jausserand voyant qu'il s'efforçoit pour lui tirer un second coup de Pistolet, lui lâcha un des siens dans la teste, dont il tomba mort sur le pavé.

Tandis que le Prévost & Flessieres estoient aux prises, l'Allemand s'estoit jetté sur le Sr. Vila, qu'il tenoit étroitement embrassé ; mais voyant la lumiére du Fanal, que le Valet blessé à la main, avoit laiſſé tomber par terre, preſqu'éteinte, il crut ſe pouvoir évader dans l'obſcurité, & le quitta pour s'enfuir. La Maiſon où ils eſtoient avoit deux portes, qui répondoient à deux ruës; on y avoit poſté des Soldats & des Archers, leſquels voyant un Homme qui ſe ſauvoit à toutes jambes, coururent aprés, lui tirerent quelques coups de fuſils, dont il fut legerement bleſſé, l'arreſterent, & le conduiſirent à l'Hôtel de Ville, où le Cadavre de Fleſ-ſieres fut auſſi porté; aprés que le Sr. Jauſſerand eut appellé les Voiſins, fait apporter de la lumiére, & viſité la Chambre où eſtoient ces trois Hommes, dans laquelle il trouva deux Porte-feüilles où eſtoient tous leurs papiers.

Le Genevois fut plus heu-

reux que les autres : Et comme
ce fut de lui dont la Providence voulut fe fervir pour découvrir à fonds la conjuration, &
pour en faire arrefter les Auteurs,
Dieu permit qu'il fe tira enfin
heureufement d'affaires, ainfi
que la fuite de cette Hiftoire
nous l'apprendra.

Cependant, voyant alors tous
ceux qui compofoient ce Détachement, occupez, les uns
aprés Fleffieres, les autres aprés
l'Allemand, il s'échapa de leurs
mains avec affez de facilité,
roula quelque-temps pendant
la nuit de ruë en ruë, cherchant
à fe cacher, & rencontra par
hazard la Poiffonnerie, retraite
ordinaire des Gueux de la Ville ;
là en ayant trouvé un qui eftoit
à peu prés de fa taille, il lui propofa de changer d'habit, craignant, quand le jour feroit ve-

nu, d'eftre reconnu au fien que l'on pouvoit avoir remarqué à la lumiére du Fanal ; l'échange fut bientoft faite. Le Genevois, revêtu des haillons du Gueux, quitta la Poiffonnerie, pour s'approcher des Portes de la Ville, dans le deffein d'en fortir dés qu'on les ouvriroit ; & le Gueux fe fauva d'un autre cofté, de crainte que celui qui l'avoit fi bien vêtu, ne lui redemandaft fes habits.

Parmi les tragiques avantures de cette nuit, cet échange d'habits en produifit une affez plaifante. Comme plufieurs Perfonnes rouloient à cette heure-là de tous coftez, pour tafcher de trouver celui des trois Hommes qui s'eftoit fauvé, le Gueux fut rencontré par quelques Archers, & l'habit qu'il portoit, l'ayant fait prendre pour l'homme qu'ils

qu'ils cherchoient, ils l'arreſterent, & le conduiſirent à l'Hôtel de Ville; mais il n'y fut pas
plûtoſt arrivé, qu'il fut reconnu pour un Gueux de profeſ-
ſion, qui eſtoit depuis long-
temps dans Montpellier.

Cependant, dans le temps
qu'à l'Hôtel de Ville on lâchoit
le Gueux, qui avoit eſté pris
ſous l'habit du Genevois, on
arreſta dans une ruë le Genevois ſous l'habit du Gueux : le
Valet qui avoit eſté bleſſé, &
qui alloit ſe faire penſer, le rencontra, & à la lumiere du Fanal qu'il portoit encore, il le reconnut malgré ſon déguiſement,
ſe jetta ſur lui, & avec le ſecours qui ſurvint, il fut mené à
l'Hôtel de Ville, & de là chez
Mr. le Duc de Bervvick, où
Mr. de Baſville ſe rendit auſſitoſt, & ce fut là que toutes les

H

circonſtances de la conjuration
furent découvertes.

Le Genevois n'eut pas plûtoſt eſté amené en leur preſence, que ſe voyant perdu, il ſon-
gea aux moyens de ſe garantir.
D'abord il ſe jetta à genoux,
avoüa qui il eſtoit, il dit les raiſons
qui l'avoient obligé de s'enroller
avec les Fanatiques : qu'il eſtoit
ver.tablement coupable de ce crime,
mais qu'il ne l'avoit commis que
pour ſe tirer du preſſant danger où
il eſtoit; & que, ſi l'on vouloit lui
ſauver la vie, & lui en donner des
aſſurances, il leur declareroit des
choſes de la derniere conſequence,
& leur donneroit le moyen de fai-
re arreſter les principaux des Con-
jurez.

Ceux qui ont de la pénetra-
tion, & de l'experience dans
ces ſortes d'affai s, diſcernent
aiſément ſi ce qu'un Prévenu

dit eft veritable, ou s'il dégui-
fe la verité; & Mr. de Bafville
qui interrogeoit celui-ci, reconnut tant d'ingenuité dans fes
paroles, qu'il fit connoiftre à
Mr. le Duc de Bervvick qu'on
ne devoit point douter de ce
qu'il difoit : D'ailleurs ce qu'il
leur promettoit de faire, leur
parut d'une fi grande importance, qu'ils n'hefiterent point à
l'affurer qu'on lui donneroit la
vie, pourveu qu'il executaft
ponctuellement, & de bonne
foy, ce qu'il venoit de leur promettre.

Il declara alors, *que fur plu-
ficurs Lettres venuës des Païs étrangers, par lefquelles on affuroit les
Mal-intentionnez de la Province,
d'un grand fecours d'Hommes &
d'argent, il s'y eftoit formé un Parti confiderable, pour y exciter un
nouveau foûlevement : que par ces*

H ij

Lettres, & par divers autres Ecrits,
qui avoient esté répandus de tous
costez, on leur faisoit esperer que
Mr. de Miremon devoit amener
ce secours , qui seroit composé de
cinq ou six mille Hommes, qui vien-
droient par Mer , & feroient une
descente à Aiguemortes , ou au Port
de Cette ; & que deux mille Bar-
bets , ou Religionaires , viendroient
en même-temps par le Dauphiné,
& se joindroient aux Troupes du
Débarquement.

Que dans cette esperance, Ca-
tinat, Ravanel, Clary, & Jon-
quet , qui estoient les Chefs de
l'Entreprise , avoient déja parcou-
ru secretement les quatre Diocéses
infectez du Fanatisme ; y avoient
disposé toutes choses à la revolte ;
établi des Magasins secrets de pou-
dre , de plomb , & de toutes sortes
de munitions de guerre , & de bou-
che ; enrollé tous ceux de leur con-

noiſſance qui eſtoient d'âge à porter
les armes ; fait un Eſtat de ce que
chaque Ville, Bourg & Village,
devoit contribuer, pour ce qu'ils ap-
pelloient la Ligue des Enfans de
Dieu : qu'ils comptoient d'avoir
déja huit ou dix mille Hommes,
preſts à ſe declarer au premier ſignal : qu'il avoit eſté reſolu de ſe
ſoûlever en differens endroits tout
à la fois : qu'ils s'eſtoient diſtribué
les Lieux, nommé ceux qui y devoient agir, & convenu de ce qu'il
y falloit executer : qu'à Montpellier, cent des plus hardis devoient
mettre le feu en divers quartiers
aux Maiſons des Anciens-Catholiques, tuer ceux qui y courroient
pour l'éteindre, & avec le ſecours
des Religionaires, égorger la Garniſon, ſe ſaiſir de la Citadelle, &
enlever Mr. le Duc de Berwick
& Mr. de Baſville : qu'à Nîmes,
Vés Anduſe, Alais, St. Hipo-

kite, Sommieres, & autres Villes,
on devoit faire à peu prés la même chose : qu'il y avoit prés de
trois mois qu'on travailloit à cette
conspiration : que les Conjurez,
pour n'estre pas découverts, ne s'eftoient adressez qu'à ceux qu'ils sçavoient estre disposez à se lier avec
eux ; n'avoient revelé leur secret
à aucune Femme , ni à personne
qui leur fust tant soit peu suspect,
& avoient reglé toutes choses en de
petites Assemblées tenuës de nuit,
dans certaines Maisons de campagne, où l'on n'avoit esté introduit
que sur le mot du guet qu'ils s'eftoient donnez pour se reconnoistre :
qu'enfin, on avoit pris le 25. du
mois pour se soulever par tout, &
executer ce qu'on avoit resolu.

Tout cela estoit veritable ; il
y avoit quelque temps que Mr.
de Basville le soupçonnoit, sur
les avis qu'il recevoit des Païs

étrangers ; il venoit même déja
d'en apprendre une partie, par
les Papiers qui estoient dans les
Porte-feüilles dont j'ai parlé,
qu'il avoit lûs & examinez avec
Mr. le Duc de Bervvick, avant
que d'interroger ce Prisonnier ;
mais ni l'un ni l'autre ne sçavoient pas encore toutes les cir-
constances de la conjuration,
qu'ils apprirent alors de la bouche du Genevois.

Jamais nos Fanatiques n'a-
voient fait d'entreprise si grande, ni si bien concertée : l'on
jugea par là, que des Gens plus
sensez qu'eux l'avoient conduite : l'on fut étonné, qu'une
conspiration de cette consequence, où tant de Gens avoient eu
part, eust pû estre tenuë secrete
pendant si long-temps : l'on ad-
mira que la Providence se fust
servie de l'un des Conjurez pour

la reveler ; & tout le monde
trouva qu'il y avoit du rapport
entre ce que l'on voyoit alors,
& ce que l'Hiſtoire raconte de
la conjuration de Veniſe, qui ne
fut découverte, par un des Conjurez, qu'à la veille de l'execution, quoique pendant prés d'un
an, plus de ſix mille Perſonnes
en euſſent eu connoiſſance ; avec
pourtant cette difference, que
la conjuration de Veniſe ne regardoit qu'une ſeule Ville, &
que celle que l'on préparoit
alors devoit embraſer toute une
grande Province.

Cependant le danger eſtoit
preſſant ; le jour fatal appro-
choit, & l'on n'en avoit que ſix
pour diſſiper l'orage dont on eſtoit menacé. Dans une ſi deli-
cate conjoncture, Mr. le Duc
de Bervvick, & Mr. de Baſville, prirent d'abord le parti de

bien garder le fecret, fur ce qu'ils venoient d'apprendre ; & afin d'empefcher que ce qui s'eftoit paffé cette nuit-là dans Montpellier, ne fuft divulgué au dehors, ils en firent fermer les Portes, & fongerent à faire arrefter promptement les principaux Chefs de la conjuration.

Le Genevois venoit de leur promettre de leur en donner les moyens. Ils lui dirent que s'il vouloit fauver fa vie, il falloit qu'il s'acquitât en cela de ce qu'il avoit promis. Il répondit, *qu'il eftoit preft à le faire, & que Catinat & Ravanel eftoient à Nìmes.* On lui demanda dans quelle Maifon : Il dit *qu'il n'en fçavoit point le nom, ni celui de la rue, mais que fi on vouloit l'envoyer à Nìmes, il la trouveroit ;* ajoûtant, *qu'il n'y avoit point de temps à perdre, puifqu'ils n'y de-*

voient sejourner que jusqu'au ving-
tiéme de ce mois, & que si l'on
differoit à y aller, on ne les trou-
veroit plus.

Il fallut donc prendre le parti de l'envoyer à Nîmes, mené
par six Archers, sous la conduite du Sr. Barnier Lieutenant
de Prévost, Homme de con-
fiance, de main & de teste, à
qui l'on donna des Lettres pour
Mr. de Sandricourt, par lesquelles on l'instruisoit de ce qu'il y
avoit à faire dans le Lieu où il
commandoit.

Ce Prisonnier y arriva le même jour 19. du mois, à six heures du soir : Il fut mis dans le
Fort, sans que Personne pust
sçavoir, ni que la conjuration
avoit esté découverte, ni que
celui qu'on menoit fust un des
Conjurez ; parcequ'on avoit eu
la précaution de faire répondre

en chemin, à ceux qui en demandoient des nouvelles, que c'eſtoit un Deſerteur qu'on avoit pris, & que l'on conduiſoit à ſon Regiment.

Tandis qu'on le menoit à Nîmes, Mr. de Baſville fit mettre en priſon à Montpellier la Femme qui avoit logé dans ſa Maiſon les trois Conjurez : tous ceux qui avoient eu quelque commerce avec eux, furent auſſi arreſtez, & dans la ſuite condamnez à des peines proportionnées à la part qu'ils avoient eu dans la conjuration. Le bruit s'eſtoit répandu que Clary eſtoit dans la Ville ; mais, ſoit qu'il ſe fuſt évadé, ou qu'il euſt trouvé le moyen de ſe bien cacher, il fut impoſſible de le trouver, quelque diligence qu'on fiſt pour cela.

Cependant, la nuit du 19. d'A-

vril commençant à approcher,
Mr. de Sandricourt, pour s'ac-
quitter des ordres qu'il avoit
reçûs, fit fermer les Portes de
Nîmes de meilleure heure qu'on
n'avoit accoûtumé : il fit ensuite
appeller chez lui les Officiers
de la Garnison, du Regiment
de Courten, & de la Bourgeoi-
sie ; leur commanda de faire
mettre sous les armes tous leurs
Soldats, & de les répandre sans
bruit dans la Ville, principalement dans le quartier de Ste.
Eugenie, où estoient les Maisons que le Genevois avoit indiquées, qui furent secretement
investies à dix heures de nuit,
aprés qu'on eut placé dans toutes les ruës voisines des Soldats
Suisses, ausquels on consigna
d'arrester tous ceux qui y pas-
seroient.

Tout cela fut executé si ponc-

tuellement, & avec tant d'ordre , que bien loin que ceux
qu'on vouloit arrefter en puffent
prendre le moindre foupçon , les
Bourgeois même , qui avoient
accoûtumé de voir fouvent de
pareilles chofes, ne s'en apperçurent prefque point.

Aprés dix heures , les Majors
du Fort , & du Regiment de
Courten , quelques Officiers de
Bourgeoifie, & une petite Troupe de Soldats choifis , menerent
le Sr. Barnier & fes Archers à
une des Maifons que le Genevois avoit indiquées : ils en trouverent la porte de la ruë ouverte ; ce qui leur fit d'abord croire , qu'il y avoit peu d'apparence, que les Chefs d'une conjuration fuffent dans un Logis,
dont l'entrée eftoit fi libre : mais
s'eftant gliffez dedans , fans faire
aucun bruit , ils entendirent des

Gens qui parloient affez haut dans une chambre à plein pied de la baffe-cour : Ils prefterent l'oreille avec attention, & oüirent fort diftinctement un Homme, qui difoit d'une voix enröüée; *Serve Dieu, je vous répons, que dans moins de trois femaines, le Roy ne fera plus maiftre du Languedoc, ni du Dauphiné : L'on me cherche par tout; je fuis ici, & je ne crains rien.*

Il n'en fallut pas davantage, pour leur perfuader que c'eftoient les Gens qu'ils cherchoient. Ils coururent à la porte; elle n'eftoit que pouffée; & ils entrerent tous dans la chambre l'épée à la main. L'on ne fçauroit exprimer l'étonnement & la furprife des trois Scelerats qu'ils y trouverent; c'eftoient Ravanel, Jonquet & Villas : chacun peut s'imaginer ce qui fe

paſſa d'affreux dans leur ame,
lorſqu'au moment qu'ils y pen-
foient le moins, ils ſe virent tout
d'un coup environnez d'une
Troupe de Gensarmez, auſquels
ils ne pouvoient échaper.

J'ai déja dit quel Homme eſtoit Ravanel, lorſque j'ai raconté de quelle maniere fole &
brutale il débaucha à Calviſ-
fon la Troupe de Cavalier, qui
s'eſtoit foumiſe ; & comme enſuite, malgré l'exemple de prefque tous les autres Chefs qui ſe
rendirent, il demeura ſeul opi-
nitâré dans la revolte, & s'alla
cacher dans le fonds des Bois,
où il ne fut jamais poſſible de
le trouver.

Jonquet eſtoit un jeune Homme de St. Chate, enteſté du
Fanatiſme : Il avoit toûjours ſuivi & conſeillé Ravanel dans ſes
plus cruelles expeditions : Il ne

s'eftoit pas fait un nom parmi les Rebelles, parcequ'il n'y avoit jamais eu de commandement, mais il eftoit connu pour un des plus méchans & des plus dangereux Hommes qui fuft dans les Cevenes.

Villas eftoit un Acteur nouveau, jeune Homme d'une affez bonne famille de St. Hipolite, bien fait de fa perfonne, propre en fes habits, & ne manquant pas d'efprit; en quoi il eftoit tout different des autres, qui n'eftoient que des ruftres & des brutaux : Il avoit toûjours porté l'épée, & fervi en Angleterre, en qualité de Cornette, dans le Regiment de Belcaftel. Aprés avoir quitté le fervice, il s'eftoit refugié à Geneve, & là il avoit efté choifi pour eftre mis à la tefte des Conjurez, parcequ'on avoit fait defsein de leur donner un Chef plus considerable que tous ceux qu'ils avoient eu jusqu'alors.

Ce Malheureux travailloit depuis trois mois à cette conspiration : il estoit venu pour cela à Montpellier, où il ne se cachoit point, parceque personne ne sçavoit son dessein : il s'y estoit trouvé lorsqu'on avoit jugé Castanet, & avoit eu la curiosité d'assister à son execution, où il fut vû, & oüi par quelques jeunes Gens de la Ville, déclamant contre ce Fanatique séditieux.

Comme il estoit d'une figure à se produire dans les meilleures Compagnies, il eut l'impudence d'aller voir deux ou trois fois Mr. de Basville ; & lui dit même un jour, qu'il avoit des nouvelles à lui donner des Religionaires qui estoient dans les

Païs étrangers : Peut-eftre, en cas qu'il fuft pris, vouloit il par là fe mettre à couvert, & fe préparer une raifon d'impunité : Cependant, quoique Mr. l'Intendant lui euft dit qu'il lui feroit plaifir de l'informer de ce qu'il fçavoit, & lui euft donné heure pour l'entendre, il ne le revit plus. Lorfqu'il fut pris, il venoit de faire un voyage fecret à Montpellier avec Catinat, & il eftoit revenu ce jour-là même à Nîmes auprés de Ravanel.

Ils furent arreftez tous trois, fans pouvoir faire la moindre refiftance : Ravanel fit pourtant d'abord quelques efforts pour fe faifir de fon épée, on ne lui en donna pas le temps : il voulut enfuite nier, qui il eftoit ; mais le Lieutenant de Prévoft, qui le connoiffoit, pour l'avoir vû à Calviffon, le força de l'a-

voüer. On avoit même déja reconnu, au mot de *Serve-Dieu*,
qui eſtoit ſon ſerment ordinaire, que c'eſtoit lui-même qui
avoit prononcé les paroles in-
ſolentes qui déterminerent la
Troupe à entrer dans la chambre; enſorte qu'il ſemble que
Dieu permit qu'il tint alors ce
diſcours, afin qu'il ſerviſt comme de ſignal à ceux qui le devoient prendre. On les mena
liez trés-étroitement dans les
Priſons du Fort, où ils furent
gardez à vûë; & Mr. de Sandricourt fit auſſitoſt partir un
Courrier, pour en avertir Mr.
le Duc de Bervvick & Mr. de
Baſville, qui apprirent avec
plaiſir, le 20. du même mois
au matin, que le Genevois s'é-
toit acquitté de ce qu'il leur
avoit promis, & ſe diſpoſerent
à partir en même-temps, pour

aller examiner ces Prifonniers,
& tâcher de découvrir tous les
Complices d'une confpiration fi
dangereufe.

Ceux qui avoient pris ces
trois Scelerats, voulurent arrêter auffi le Maiftre de la Maifon où ils les avoient trouvez ;
mais, un moment avant qu'ils
entraffent dans cette chambre
baffe dont j'ai parlé, il en eftoit forti avec un de fes Parens,
& ils eftoient montez tous deux
au haut de la Maifon, d'où
ayant oüi le bruit qu'on faifoit
en bas, ils avoient gagné le
toit, & s'eftoient cachez à la
faveur des tenebres : mais, afin
qu'ils ne puffent échaper, on
mit des Sentinelles fur les toits
du voifinage, & toute l'Ifle demeura inveftie de Soldats pendant la nuit, avec ordre de ne
laiffer fortir perfonne ; enforte

que le jour eſtant venu, ils furent vûs, arreſtez, & conduits
au Fort : Enfin, dans cette nuit,
ou le lendemain, ſur l'indica-
tion du Genevois, & ſur les dénonces des Prévenus, on arrêta dans Nîmes, ou à la Campagne, plus de cinquante perſonnes, Hommes & Femmes,
dont les uns eſtoient du nombre des Conjurez : les autres,
ou leur avoient donné divers
ſecours, où, les ayant connus,
ne les avoient pas dénoncez ;
& ils furent tous jugez, &
condamnez, dans la ſuite, aux
peines qu'ils avoient meritées.

Mr. le Duc de Bervvick &
Mr. de Baſville, arriverent à
Nîmes le 21. de ce mois : ils y
trouverent encore tout en mouvement ; on continuoit à y arreſter les Coupables : il partoit
à toute heure des Détache-

mens, pour en aller prendre
dans les Lieux du voisinage;
les Portes estoient fermées : il
y avoit par tout des Corps-de-
garde ; les Milices bourgeoises
estoient sous les armes : l'on
voyoit toutes les Ruës gardées
par des Soldats ; & les Religionaires trembloient dans leurs
Maisons, sans en oser sortir.

Parmi tant de Gens que l'on
arrestoit à la Ville & aux Champs,
on n'entendoit point parler de
Catinat, qui estoit pourtant celui qu'on souhaitoit le plus de
voir arresté : on estoit assuré
qu'il estoit dans Nîmes, tous
les Prisonniers le disoient ; mais
ils ne sçavoient où il s'estoit
caché, & quelque recherche
que l'on fist, il estoit impossible
de le trouver.

Pour tâcher de le faire sortir de sa retraite, Mr. de Bas-

ville confeilla à Mr. de Bervvick, de faire publier une Ordonnance ; par laquelle, *il pro-*
mettoit de donner cent Loüis d'or
à celui qui le livreroit, ou qui le
feroit prendre : il déclaroit qu'il
feroit grace à celui qui l'auroit
retiré, pourveu qu'il le dénonçaft
avant la perquifition exacte &
generale qui en alloit eftre faite
dans toutes les Maifons ; mais
qu'aprés cela, l'Habitant de celle
où il feroit trouvé, feroit pendu
fur le champ à fa porte, fa Fá-
mille emprifonnée, fes Biens con-
fifquez, & fa Maifon rafée, fans
autre forme de Proces.

Cependant, Mr. de Bafville
interrogeoit les principaux de
ceux qu'on avoit mis en prifon ;
& il les força d'avoüer, qu'on
avoit déja fait des Magafins d'armes, de plomb & de poudre :
ils lui découvrirent auffi les Lieux

où ces choses avoient esté portées ; ce qui l'obligea à faire
faire diverses perquisitions , &
de nouvelles captures.

Il se rendit ensuite au Palais
le 22. du mois , & y assembla
le Présidial, pour juger Ravanel, Jonquet & Villas , qu'on
fit venir des Prisons du Fort:
Dans le temps qu'il travailloit
à l'instruction de leur Procés,
on vint l'avertir que Catinat
estoit arresté; ce qui lui fit sur-
seoir au Jugement des autres,
& il envoya ordre à ceux qui
l'avoient pris, de l'amener prom-
tement.

Voici comme il fut arresté.
L'Habitant qui le tenoit caché,
& qui ne fut point connu, voyant qu'on foüilloit dans toutes les Maisons suspectes, & ne
pouvant ignorer les peines portées par l'Ordonnance qu'on venoit

noit de publier, craignit sans doute qu'on ne vint visiter la sienne : Et comme rien n'agit plus efficacement sur l'esprit des Hommes, que la crainte de la mort, il chassa apparemment ce Malheureux de chez lui.

L'on peut aisément s'imaginer quel fut l'embaras de ce Miserable, quand il se vit abandonné dans les ruës ; il estoit persuadé que sa figure seule estoit capable de le faire arrester : La necessité rend inventif. Il s'avisa d'adoucir un peu sa mine affreuse, & entra dans la premiere Boutique de Barbier qu'il rencontra, où il se fit raser, poudrer, & ajuster le plus proprement qu'il lui fut possible : De là, ayant oüi dire que la Porte de St. Antoine estoit ouverte, il se hasarda d'y aller, pour tâcher de sortir de la Vil-

I

le : Il falloit neceſſairement paſſer devant un Corps-de-garde :
Il paya d'effronterie , enfonça
ſon chapeau ; fit ſemblant de
lire , chemin faiſant , un papier
qu'il tenoit à la main ; & il avoit
déja trompé les yeux de ceux
qui avoient ordre d'obſerver
exactement tous les Paſſans ,
lorſque Dieu , que l'on ne peut
tromper , ne lui permit pas d'aller plus loin : Il inſpira à un
Officier , qui heſitoit de le faire
arreſter , du moins de l'examiner : Il fut mené pour cela au
Corps-de-garde , où l'on fut encore quelque temps ſans ſçavoir
qui il eſtoit , quoique pluſieurs
Perſonnes y fuſſent accouruës
pour le voir ; mais enfin , en le
foüillant , on trouva dans ſes po-
ches une Lettre , que la Juſtice
Divine , qui aveugle les Méchans , lui faiſoit porter impru-

demment fur lui, pour fervir à le reconnoiftre ; la fufcription de cette Lettre eftoit, *A Monfieur, Monfieur Morel, dit Catinat.* : Aprés quoi Perfonne ne douta plus que ce ne le fuft : Il furvint même deux ou trois Hommes qui le reconnûrent : Il fe vit forcé lui-même de l'avoüer ; & il fut auffitoft lié étroitement, & conduit au Palais, avec bonne Efcorte.

On plaint naturellement les Malheureux ; mais celui ci avoit commis tant de crimes, que dans toutes les ruës où il paffa, il n'entendit que des huées & des maledictions. Sa prife remplit de joye toute la Ville : les Habitans le crioient du haut des murailles à ceux des Fauxbourgs ; & l'on ne voyoit de tous coftez que Gens qui couroient, por r fe le dire les uns aux autres.

I ij

Mr. le Duc de Bervvick en fut averti des premiers ; & on ne l'eut pas plûtoft amené au Palais, que Mr. de Bafville le lui envoya, afin qu'il euft le plaifir de voir cette Bête feroce que l'on avoit eu tant de peine à trouver. Ce Duc lui demanda d'abord, pourquoi il eftoit revenu dans le Languedoc, aprés la grace que le Roy lui avoit faite, de le laiffer fortir du Royaume, & de lui pardonner les crimes horribles qu'il avoit commis. Il ne répondit à cela que des impertinences ; & s'avifa de lui dire, qu'il avoit à l'avertir d'une chofe de confequence, mais qu'il ne pouvoit le faire qu'en fecret. On fit éloigner ceux qui eftoient prefens ; & alors ce Miferable eut l'impudence de lui propofer fon échange avec Mr. de Tallard ; ajoûtant, *qu'on feroit affurément en Angleterre à ce Maréchal, le même traitement qu'il recevroit lui en France.* Mr. le Duc de Ber-vvick eut pitié de fa folie, & fans lui rien dire, ni l'écouter davantage, il le renvoya à fes Juges.

Son Procés fut bientoft fait : Celui des autres trois eftoit preft à juger. Lui & Ravanel, qui eftoient coupables d'une infinité de meurtres, d'incendies, & de facrileges, furent condamnez à eftre bruflez vifs : Villas & Jonquet, à eftre roüez ; mais ce dernier à eftre enfuite jetté vivant dans le bucher de ces deux premiers, afin de confumer dans le même feu, ceux qui avoient efté toûjours unis pour les mêmes crimes.

Le Jugement portoit, qu'ils feroient appliquez à la queftion :

Ravanel la souffrit comme un forcené, sans qu'on pust lui arracher un seul mot : Catinat avoit fait dessein de ne point parler ; mais comme il estoit robuste, sa vigueur le rendit plus sensible à la douleur, & il revela plusieurs Complices : Jonquet ne dit presque que ce que l'on sçavoit deja : Et Villas, entr'autres choses, avoüa, qu'il estoit vrai que les Conjurez avoient fait dessein d'enlever Mr. le Duc de Bervvick & Mr. de Basville, lorsqu'ils iroient à la promenade.

Cependant, avant que tout cela fust fait, & que l'echafaut & le bucher fussent dressez, la nuit survint ; & Mr. l'Intendant ne jugea pas à propos de faire executer aux flambeaux, & dans les tenebres, les quatre principaux Chefs d'une si grande conjuration, mais il en fit renvoyer l'execution au lendemain , afin que les Mal - intentionnez des Religionnaires ne puffent pas dire , comme ils avoient fait quelquefois, que ceux qu'on avoit menez au fupplice , n'eftoient point ceux qu'on fe vantoit d'avoir fait mourir , & viffent au grand jour , que ceux qu'on executoit alors , eftoient veritablement, Ravanel , Catinat, Jonquet , & Villas.

Le 23. à dix heures du matin , ils furent conduits au bout du Cours, auprés du Fort , lieu qu'on avoit choifi pour y donner ce grand exemple ; ils y fouffrirent les peines portées par leur Jugement , & moururent tous quatre fans aucun fentiment de Religion , quelques efforts que fiffent les Ecclefiaftiques , qui les exhortoient à fe convertir , &

I iv

à se repentir de leurs crimes.

Il ne se passa rien de remarquable à leur execution ; si ce n'est que, l'on vit Ravanel & Catinat attachez au milieu du bucher à un même poteau, pour estre bruslez ensemble, tout le monde faisant alors reflexion au temps auquel ce dernier avoit esté pris, reconnut visiblement que la Providence l'avoit conduit à ses Juges, dans le moment qu'ils alloient condamner l'autre ; afin que ces deux Monstres, que l'on sçavoit estre les plus cruels, & les plus barbares de tous les Fanatiques, fussent jugez par une même Sentence, & réduits en cendres par les mêmes flames.

Aprés que les quatre principaux Chefs de la conjuration eurent expié par les supplices, le crime qu'ils projettoient, de

remettre le feu dans la Province, Mr. le Duc de Ber\/vick
partit de Nîmes, pour aller donner de nouveaux ordres à la sûreté des Côtes ; & parcequ'on
avoit appris des Conjurez, que
c'estoit principalement auprés
d'Aiguemortes, que les Ennemis
avoient fait dessein de tenter
une Descente, il y fit construi-
re de petits Fortins de distance
en distance, garnis de Troupes,
à portée de se joindre, & d'aller où le besoin le demande-
roit : Il établit aussi, & ordonna qu'on fist des Signaux de nuit
& de jour, sur les Lieux les plus
élevez, le long des bords de la
Mer, jusqu'à Agde, afin d'estre
averti dés qu'on verroit paroîs-
tre des Voiles ennemies dans le
Golfe.

Il envoya aussi donner ordre
à tous ceux qui gardoient les
l y

Paſſages du Rône , de redoubler leur vigilance ; parcequ'il
avoit encore ſceu des Conjurez,
que le Duc de Savoye leur devoit envoyer du Secours par le
Dauphiné : Mais rien ne parut,
ni du coſté de la Mer , ni de
celui de la Terre ; ſoit que les
Ennemis euſſent appris que le
Projet qu'ils avoient fait, eſtoit
échoüé, par la découverte de
la conſpiration ; ou que Mr. le
Duc de Vendome, qui prit alors
Veruë, & gagna quelque temps
aprés la Bataille de Caſſano ,
donnaſt trop d'occupation au
Duc de Savoye dans ſon propre Païs, pour ſonger à aller
porter le trouble dans celui de
ſes Voiſins.

Mr. de Baſville reſta encore
quelque temps à Nîmes , pour
continuer à faire le Procés, tant
à ceux qu'on avoit déja mis en

prifon , qu'aux Coupables qui y
eftoient amenez inceffamenr, &
qu'on envoyoit prendre de tous
coftez , fur les dénonces de ceux
qui eftoient executez ; enforte
que pendant plufieurs jours , ce
ne furent que dénonces , captures, emprifonnemens & fupplices.

Comme tous ceux qui avoient
part à la conjuration, fe dénon-
çoient les uns les autres, on arrefta dans Nîmes , ou ailleurs,
plus de deux cent Perfonnes de
l'un & de l'autre fexe : On voyoit
brûler dans les buchers , ceux
qui avoient brûlé les Eglifes ;
rompre fur les échafauts , ceux
qui avoient maffacré les Prêtres;
& conduire au gibet, aux galeres, & dans des prifons perpe-
tuelles, ceux qui avoient parti-
cipé à leurs attentats.

Ainfi , tous ces fameux Scelerats, qui, aprés avoir commis

mille maux, & avoir efté pardonnez , revenoient encore à
la charge, pour brufler & maf-
facrer ceux qui avoient échapé
la premiere fois à leur fureur,
virent tomber fur eux le fer &
le feu, qu'ils préparoient contre les Catholiques.

On vit alors fur les échafauts
des Gens plus confiderables que
tous ceux qu'on avoit executez
auparavant : Deux fameux Mar-
chands de Nîmes, qui eftoient
complices de la conjuration, &
les Treforiers des Fanatiques.
Mais, entre les plus renommez
de ceux qui furent condamnez
aux derniers fupplices, on vit un
François Sauvaire, dit Francezet, Prédicant, Prophete, &
Chef de Troupe, qui avoit fait
tous les maux qu'un Homme
peut faire : Un Brun, infigne
meurtrier & incendiaire, qui

s'estoit distingué par sa barbarie au sacagement de Saturargues : Un Gaillard, dit l'Allemand, dont nous avons déja parlé, qui fut aresté à Montpellier, & qui devoit y executer ce qu'on avoit projetté ; & un Chevailler, qui avoit esté de la Troupe de Cavalier, & s'estoit trouvé à ses plus cruelles expeditions. Les crimes énormes que ces quatre Scelerats avoient commis, font qu'on se souvient avec horreur de leurs noms : Tous les autres, qui, comme moins coupables, furent condamnez à de moindres peines, ne meritent pas qu'on les nomme dans cette Histoire.

Cependant, je ne dois pas oublier d'informer ici le Lecteur, de ce qui se passa de remarquable au Jugement, & à l'execution de Chevailler. Ce Malheureux estoit un jeune Homme d'environ vingt-quatre ans, bien fait de sa personne, & parlant avec assez d'esprit : Il s'estoit soumis lorsque Cavalier se rendit, & avoit pris alors parti dans le Regiment de Tournon, dont il avoit deserté depuis peu, pour se joindre avec Ravanel & Catinat : Aprés leur execution, il avoit demeuré quelque temps inconnu, & caché dans Nîmes, où enfin il avoit esté découvert, & pris un soir qu'il avoit trop bû. Voila tout ce que l'on sçavoit de lui.

Mais, lorsqu'il fut devant ses Juges, & sur la Sellete, jamais Prévenu ne fit une plus franche confession de ses crimes, & n'en témoigna tant de repentir. Il n'estoit connu que sous le nom de Chevailler : Il déclara *qu'il s'appelloit Guillaume Delorme*

qu'il estoit de la Ville d'Evreux
en Normandie, d'une honnête Famille, & Catholique de naissance. Il confessa, qu'ayant esté sujet toute sa vie au vin, & aux
Femmes, cela l'avoit porté à se
jetter parmi les Fanatiquts, dans
la pensée qu'il y trouveroit dequoi
se satisfaire : qu'il ne s'estoit point
trompé en cela, leurs Assembées
n'estant que des occasions de liber-
tinage, & de débauche : qu'estant
avec eux, il avoit pris le nom de
Chevailler, & commis une infinité de crimes, dont il se repentoit,
mais dont il prioit ses Juges de
le punir, par le supplice qu'il avoit
merité : que toute la grace qu'il
leur demandoit, estoit de lui permettre de parler un moment à ceux
qui assisteroient à sa mort, afin de reparer, par une confession publique, le
scandale de son Apostasie, & de leur
protester qu'il mouroit Catholique,

Enfin, il les ſupplia, *que ſon Corps fuſt porté en Terre ſainte.*

Ils furent ſi attendris d'une confeſſion ſi ſincere, & par des ſentimens ſi chrêtiens, qu'ils lui accorderent ce qu'il demandoit; & ne pouvant éviter de le condamner à la roüe, ils ordonnerent qu'on lui adouciſt les rigueurs de ce ſupplice, en le faiſant mourir avant que de le rompre.

Lorſqu'il fût ſur l'échafaud, il dit, à peu-prés, aux Aſſiſtans, à haute voix, ce qu'il avoit déja dit ſur la ſellete; & les ſupplia, d'une maniere ſi touchante, de lui accorder le ſecours de leurs prieres, que fondant en larmes, ils ſe mirent tous à genoux, & prierent Dieu pour lui : il les en remercia tendrement ; & les conjura, de lui accorder encore la grace de faire offrir pour lui , aprés fa mort, le Saint Sacrifice de la Meffe. On lui cria, qu'il pouvoit s'en affurer : il les remercia une feconde fois , leva les yeux au Ciel, fit le Signe de la Croix , & livra à l'Executeur fon Corps, qui fut enfuite inhumé en Terre Sainte.

Pendant le refte de ce mois, & les fuivans, plufieurs de ceux qui avoient échapé alors aux recherches qu'on faifoit , ou fe rendirent volontairement , parceque l'on accordoit encore grace à ceux qui venoient fe foumettre , ou furent arreftez , & punis : Le feul Claris , avec deux ou trois autres Brigands, dont nous apprendrons le fort dans la fuite , demeurerent cachez dans les Cevenes ; mais , fi étonnez des fupplices de tous leurs Chefs , que de long-temps ils n'y oferent rien entreprendre.

On avoit écrit à la Cour en faveur du Genevois ; ces Lettres de grace arriverent dans le mois de Juillet : mais il n'eut pas pluftoft efté élargi, que Mr. Courten le fit reprendre comme deferteur , & affembla le Confeil de guerre, qui le condamna à la mort. On lui prononça fa Sentence ; il fut mis entre les mains d'un Confeffeur, & conduit au lieu du fupplice : mais , dans le moment que tout le monde croyoit qu'on alloit le faire mourir , ce Colonel Suiffe, qui n'avoit fait cela que pour faire voir que le Roy ne le privoit pas du pouvoir de juger fes Soldats, dit à haute voix, que quoiqu'il euft l'autorité de faire punir ce Deferteur, neanmoins il revoquoit la Sentence renduë contre lui, à caufe du service qu'il avoit rendu à la France, & lui donnoit la vie, la liberté, & son Congé. Cependant, comme le pauvre Genevois n'avoit pas esté averti de tout ce manege, & qu'il croyoit que c'estoit tout de bon, il faillit à mourir de frayeur ; ainsi, celui qui n'estoit coupable que de la pensée qu'il avoit eu d'entrer dans une conjuration qui n'avoit pas esté executée, fut puni dans sa pensée seulement par l'effroi d'un supplice qui ne fut point executé.

Sur la fin de cette année, la Cour ayant fait dessein de prendre Nice, d'où partoient les secours qu'on envoyoit aux Fanatiques, Mr. le Duc de Bervvick fut choisi pour en faire le siege ; & le Roy nomma Mr. le Duc de Roquelaure pour venir commander en Languedoc.

On ſçait que Mr. le Duc de Bervvick fit cette importante conqueſte en peu de jours, quoiqu'on ne lui euſt donné que quatre ou cinq mille Hommes, pour aſſieger, pendant l'hiver, une des plus fortes places de l'Europe; & perſonne n'ignore auſſi, qu'il alla enſuite commander nos Armées en Eſpagne, où, à la bataille d'Almança, dans laquelle il défit l'Armée des Ennemis, on trouva parmi les Troupes qui furent taillées en pieces, un grand nombre de Fanatiques, qui avoient ſuivi Cavalier, & que la Providence ſembla avoir amenez à cette fameuſe journée, pour y perir de la main de celui que le Roy avoit auparavant choiſi pour achever de les exterminer en Languedoc.

Fin du ſecond Livre.

HISTOIRE
DU FANATISME
DE NOSTRE TEMPS.

LIVRE TROISIE'ME.

L A joye que tous les Peuples de Languedoc ref-
fentirent à l'arrivée de
Mr. le Duc de Roquelaure,
fut d'autant plus vive, qu'ils
eſtoient alors tranquiles, & délivrez des allarmes dont ils
avoient eſté agitez. On venoit
de diſſiper une conjuration terrible : le calme eſtoit entierement revenu : la plûpart des Fa-

natiques avoient déja peri par
le fer, ou par les ſupplices ; les
autres avoient eu recours à la
clemence du Roy , & eſtoient
ſortis du Royaume : les Peuples
qui les avoient ſoûtenus, étoient
rentrez dans leur devoir : les
Egliſes bruſlées avoient eſté re-
baſties aux dépens de ceux qui
avoient favoriſé la revolte ; les
Habitations qu'on avoit eſté
obligé de détruire, avoient eſté
remiſes en leur premier eſtat :
on n'entendoit plus parler de
meurtres & d'incendies : les Curez , auparavant fugitifs , étoient
revenus dans leurs Parroiſſes :
les Chemins eſtoient libres, les
Champs cultivez, le Commerce rétabli ; & les Anciens-Catholiques , rentrez dans leurs
Maiſons , n'y craignoient plus
l'orage qui les en avoit écartez.

Cette tranquilité dura de-

puis l'année 1705. jufqu'en 1709.
& quoique pendant le cours de
ces fatales années , les profperitez de la France euſſent eſté
interrompuës par les avantages
de nos Ennemis , neanmoins les
Païs où la revolte avoit éclaté ;
eſtoient ſi bien contenus , que
jamais les Efprits les plus remuans n'y purent , felon leur
couſtume , fe prévaloir de nos
malheurs , pour y renouveller
les defordres.

Ce qui contint ſi bien ce Païs
pendant ces années-là , c'eſt que
Mr. le Duc de Roquelaure n'eut
pas pluſtoſt pris poſſeſſion du
Commandement de la Province, que Mr. de Bafville lui fit
connoiſtre, qu'il ne falloit point
fe fier au calme dont elle joüiſ-
foit ; mais qu'on devoit eſtre
continuellement fur fes gardes,
pour prévenir les deſſeins d'un

Peuple facile à foulever, & qui n'eftoit alors tranquile que parcequ'on l'avoit mis hore d'eftat de rien entreprendre.

Depuis long-temps cet habile Intendant avoit fi bien étudié, & connoiffoit fi parfaitement l'efprit des Cevenols, & le genie des Fanatiques, que quelque beau femblant qu'ils fiffent les uns & les autres, de vouloir vivre en repos, il fe défioit toûjours de la legereté de ceux-là, & de la folie de ceux ci.

Lors même qu'il confentit à laiffer fortir du Royaume ces Infenfez, parcequ'il crut les devoir éloigner de leur Païs, il écrivit à la Cour, qu'il ne doutoit point qu'ils ne tentaffent bientoft toutes fortes de moyens pour y revenir, afin d'exciter de nouveaux troubles.

Dans

Dans cette défiance, il entretenoit toûjours des Gens affidez à Geneve, & dans les
Païs étrangers, qui le tenoient
exactement averti de la conduite de ceux qui s'y estoient
retirez : Il sçavoit tout ce qu'ils
faisoient, & tout ce qu'ils avoient
dessein de faire : si quelques-uns
d'eux se mettoient en chemin
pour revenir, il en estoit aussitost informé, & les ordres estoient d'abord donnez pour les
arrester : Il communiquoit les
avis qu'il recevoit à Mr. le Duc
de Roquelaure, qui, avec un
si bon conseil, entra bientost
dans le train des affaires ; &
ils veilloient, l'un & l'autre de
concert, à prévenir les desordres, s'attachant sur tout à faire garder soigneusement tous
les passages du Rhône, afin
d'empêcher les Seditieux, qu'on

K

avoit éloignez , de rentrer dans
un Païs où les feux de la revolte eftoient faciles à rallumer.

Par cette conduite & cette
vigilence , ils firent échoüer,
pendant trois ans , plufieurs
projets de rebellion , qui auroient eu fans-doute des fuites
fâcheufes , s'ils n'euffent efté
découverts, & fi l'on n'euft ar-
refté les Boute-feux , qui , de
temps en temps , revenoient
des Païs étrangers, & tâchoient
de fe glifer dans les Cevenes.

Dans le mois de Février de
l'année 1706. fur l'avis que Mr.
de Bafville avoit reçu de Geneve, on arrefta à Livron en
Dauphiné , par les foins du
Curé de ce Lieu , Salomon
Couderc , Pierre Vignes &
Jacques Veyrac : Ce premier
s'eftoit trouvé à la naiffance
de la revolte; il avoit efté Dif-

ciple du fameux Esprit Seguier
dont nous avons parlé, auquel
il succéda en la charge de Prédicant & de Prophéte Fanatique; il avoit assisté au meurtre
de l'Abbé du Cheyla, au mas-
sacre de la Famille de Mr. de
la Deveze, & à une infinité
d'autres actions horribles : le
second avoit esté Lieutenant de
Joanny , & estoit par consé-
quent coupable de tous les attentats que ce Chef de Troupe
avoit commis ; & le troisiéme
estoit un Païsan de Genoüillac,
aussi méchant que les deux autres, aufquels il servoit alors de
Guide.

Ces trois Scelerats vouloient
passer dans les Cevenes , &
avoient offert beaucoup d'argent au Batelier du Bac du
Poussin, pour les porter de nuit
à l'autre bord du Rhône : mais

on eſtoit averti de leur retour; & les ordres de ſe ſaiſir d'eux eſtoient ſi bien donnez , qu'ils furent pris , & conduits à Montpellier , où on leur fit le Procés. Quoique ces Malheureux euſſent fait mille maux , on leur avoit pardonné , & permis de ſortir du Royaume : mais , ayant voulu revenir , on leur fit expier alors dans les ſupplices , les crimes qu'ils avoient déja commis , & l'on prévint ceux qu'ils avoient deſſein de commettre.

Pendant le cours de la même année on arreſta auſſi , en differents paſſages du Rhône , Pierre Pautiche , dit Mont-Vert , Nicolas Moyſe , Daniel Poujet , & Jacques Couderc , frere de celui dont nous venons de parler , qui eſtoit connu ſous le nom de Lafleur , & avoit eſté

Chef d'une Troupe de Revoltez : Ces quatre Brigands, fameux par leurs crimes, avoient
eu recours à la clemence du
Roy, eftoient fortis du Royaume, & vouloient rentrer dans
leur Païs, pour y faire les mêmes defordres qu'auparavant,
mais ils eurent le même fort
que les autres.

En 1707. Tobie Rocayrol,
homme dangereux par les in-
telligences qu'il avoit avec les
Etrangers, Henry Grifot fon
Compagnon, & tous leurs Complices, furent pareillement arreftez, & punis.

Ces exemples furent peut-
eftre caufe qu'en 1708. aucun
n'ofa entreprendre de revenir :
mais, comme les Gens portez
à mal faire, & les fols fur tout,
ne fe rebutent point par les
châtimens de leurs femblables,

il arriva qu'en 1709. dans le
mois de May , quatre Fanatiques, envoyez de Londres par
Cavalier pour ſoulever le Vi_
varés , trouverent le moyen de
s'y introduire. Quand il faut
garder , d'un bout à l'autre,
une riviere d'un auſſi long cours
que le Rhône , il eſt preſqu'impoſſible que de pluſieurs
Scelerats, qui ne craignent rien,
& qui hazardent tout , quel_
qu'un n'y découvre enfin quelque paſſage.

Le deſſein de ceux-ci, n'a_
voit pourtant pas eſté conduit
ſi ſecretement, que Mr. le Duc
de Roquelaure & Mr. de Baſville, n'en euſſent eſté avertis : Ils
l'avoient ſçû par deux Lettres in_
terceptées, qui eſtoient tombées
entre leurs mains au commencement du mois de Juin : elles
eſtoient écrites de Londres ,

l'une du 11. l'autre du 12. d'A-
vril de la même année 1709. à
une Femme Huguenote , dont
je n'ai pas fçu le nom. La premiere eſtoit conçuë en ces termes.

Les Perſonnes que Cavalier
vous a envoyé , font les Freres
Billard & Dupont ; il a receu
des nouvelles comme ils eſtoient
arrivez au Païs : faites moy fça-
voir tout ce qui s'y paſſe , & je
vous inſtruirai de tout ce que je
ſçaurai.

Voici ce que contenoit la ſeconde , qui eſtoit de Cavalier
même.

Je n'ai jamais douté , ma che-
re Sœur, du zéle & de la bonne
affection de nos Compatriotes. Il
ne tiendra pas à moy qu'ils n'a-
yent pleine ſatisfaction : mais , à
la verité , je croi que la Paix
arreſtera tous nos bons deſſeins ;

K iv

on la croit comme faite : Cependant, il faut toûjours avoir esperance en Dieu, & implorer son
secours. J'espere qu'on parlera de
nous dans la Paix : Cette grande
Reine est pieuse. Donnés-moy des
nouvelles de mes Parens, & du
cher Frere Claris. Vous avés vû
les Personnes dont je vous ai parlé par ma precedente, ou vous les
verrés bientost, conduisés-vous par
eux. Je vous souhaite toute sorte
de be. edictions.

Ces Lettres en apprirent affez à Mr. le Duc de Roquelaure & à Mr. de Basville, pour
les obliger aussitost à envoyer
des ordres pressants, à tous ceux
qui gardoient les entrées de la
Province, de redoubler leur vigilence ; mais elles arriverent
trop tard, puisque lorsqu'ils les re-
çurent ceux dont elles parloient
estoient déja dans le Vivarés.

On s'apperçut bientoft qu'il y eftoit entré des Gens qui avoient foufflé la revolte : Ce fut à Vals, fur la fin du mois de May, que parut la premiere étincelle de ce feu. Un infigne Scelerat de ce Lieu, appellé *Juftet*, qui avoit efté Lieutenant de Cavalier, & un des quatre qu'il avoit envoyez ; homme chargé de crimes, & accredité parmi la Canaille de ce Canton, y attroupa d'abord trente Jeunes-Gens, de même trempe que lui, qui prirent les armes, & commencerent à courir d'un cofté & d'autre pour foulever le Païs.

Comme le peu de Troupes que nous avions dans le Vivarés, pour le contenir pendant le calme dont on joüiffoit alors, fe trouverent éloignées du Lieu où cet éclat arriva, Mr. de

K v

Vacance, Gentilhomme zélé
pour le service du Roy qui estoit sur les Lieux, voulut arrester ce mouvement dans sa
naissance: Il assembla ce qu'il
put de Gens, & suivit ces Seditieux pour les dissiper: mais,
l'activité avec laquelle il les
poursuivoit, leur ayant fait comprendre, que tandis qu'ils auroient à leurs trousses un homme si agissant, ils ne réussiroient
jamais dans leur entreprise, ils
resolurent de s'en défaire; lui
dresserent une embuscade, &
l'assassinerent.

Ce meurtre fut le signal de
la revolte: Cette Troupe gros-
sit aussitost, par la jonction de
ceux que les trois autres Emissaires de Cavalier avoient assemblez ailleurs, & par les Scelerats du Païs, que la misére
fit sortir de leurs Chaumiéres;

enforte que le 10. du mois de Juin, plus de deux cens Hommes parurent en armes dans la Parroiſſe de Gilhoc , où ils ſe ſaiſirent du Chaſteau de Bos, appartenant au Marquis de Briſſon, qui eſtoit alors abſent , & y prirent une cinquantaine de fuſils.

Le 11. le Sr. de Rapiné, qui commandoit un Détachement de Suiſſes à Vernoux , en fut averti : Mais , comme on ne ſçavoit pas encore le nombre des Attroupez , il ne prit que trente Hommes pour les aller chercher. Aucun Habitant du Païs où ils avoient paru , ne voulut lui dire de quel coſté ils étoient allez ; & ce ne fut que par hazard qu'il les rencontra. Un Soldat de ſon Avant - garde, ayant voulu entrer dans la Maiſon d'un Païſan pour en ap-

K vj

prendre des nouvelles, la Troupe entiere, qui s'y estoit refu-
giée à cause d'une grosse pluye
qui tomboit alors, en sortit brus-
quement, & tira sur lui. Le
Sr. de Rapine, voyant la partie
inégale, se battit en retraite,
gagnant toûjours sur eux les
hauteurs, en se retirant du cô-
té de Gilhoc, dont il estoit
éloigné de demie lieuë. Quand
il y fut arrivé, n'ayant trouvé
personne pour le soûtenir, il
posta ses Gens derriere les murailles d'un Cimetiere, & au
Clocher de l'Eglise : Là, ils firent feu les uns sur les autres,
depuis dix heures du matin jusqu'à la nuit ; auquel temps les
Attroupez cesserent de tirer, &
se retirerent dans les Bois du
voisinage.

Nous eumes dans cette oc-
casion, un Soldat tué, & deux

legerement bleffez. Les Revoltez y perdirent cinq ou fix Hommes, dont on vit emporter les
corps morts. Le Chef de cette
Troupe fut vû de fort prés : il
eftoit veftu de bleu, avec une
plume au chapeau de même cou-
leur : il n'avoit qu'un piftolet à
la main ; & crioit de temps en
temps aux Suiffes, *Meffieurs*,
rendés-vous, on vous fera bon
quartier. L'on remarqua auffi,
que plufieurs Jeunes Gens fe joignirent aux Rebelles devant ce
Cimetiere ; & l'on apprit, dans
la fuite, que c'eftoient des Religionaires de cette Parroiffe.

Le lendemain de cette action,
le Sr. de la Caze, Major de
Duboulay, avec deux Compagnies de fon Regiment, trois
de Bourgeoifie, & un Détachement de Suiffes, fe mit en marche pour aller combattre cette

Troupe : mais, quelque diligence qu'il puft faire, il lui fut impoffible de la trouver ce jour-là. Mr. Courten, qui commandoit en Vivarés les Bataillons Suifles, marcha auffi dans le même deffein ; & envoya, fur le champ, un Courrier à Mr. le Duc de Roquelaure, pour l'avertir de ce foulevement.

Mr. de Bafville reçut auffi, par le même Courrier, une Lettre du Sr. du Molard, fon Subdelegué dans ce Païs-là, par laquelle il lui mandoit toutes les circonftances que je viens de rapporter ; & outre cela, il lui envoya un Ecrit, que celui qui commandoit les Revoltez avoit fait remettre entre les mains du Sr. de Rapiné le jour du combat de Gilhoc, & qu'on avoit pris foin de faire répandre dans tout le Vivarés.

Voici cet Ecrit, que j'ai copié fur l'Original, fans y rien changer, afin que le Lecteur juge combien groffiers & infolents en eftoient les Auteurs.

Dieu beniffe noftre entreprife, & prefide en nos Confeils ; afin que nous ne puiffions jamais rien entreprendre, qui ne foit pour fa gloire, pour l'édification de nos Prochains, & pour l'avancement de fon Regne. Amen.

Vous ne ferés pas furpris, Meffieurs du Clergé, de ce qui vous arrive aujourd'hui, aprés avoir fervi de Langues amielées, & de Boute-feux, nous ayant fraudé la Foy. Vous qui fculs eftes la caufe de la ruine totale de ce Royaume, & qui avés mis tout le Peuple dans un eftat à n'en pouvoir jamais relever ; je vous avertis, de la part de Dieu, de quel ordre que vous puiffiés eftre, que je m'en

*prens à vous en perſonne, & à
tous vos Emiſſaires, comme eſtant
les ſeuls Perturbateurs du repos
public, pour vous faire tout ce que
vous & vos Ancètres nous avés
uſurpé, & à nos Peres: Vous dé-
clarant, que nous pretendons &
que nous voulons eſtre remis dans
nos anciens Privileges; & voulons noſtre liberté, qui eſt les Edits
de Nantes, de la maniere qu'ils
eſtoient lorſque vous les avés vio-
lez par vos enchantemens diaboli-
ques: ne pretendant rien payer à
l'avenir que les deniers qui ſeront
légitimement dûs.*

*Nous voulons auſſi abſolument,
l'élargiſſement de tous les Priſonniers, Galeriens, & Exilez; en
un mot, tous ceux & celles qui
ſouffrent pour cauſe de Religion,
ſans diſtinction de perſonne.*

*Je declare, & nous declarons,
avec une promeſſe inviolable, à*

tous les Anciens-Catholiques, qu'il
ne leur sera fait aucun tort pré-
judiciable, ni à toute autre Secte
ou Religion, à la reserve qu'ils
ne viennent en armes contre nous;
car, s'il y en avoit qui fussent
assez foibles que de se laisser persuader aux Emissaires, je veux
dire aux Ennemis du repos public,
nous leur declarons qu'ils n'ont
point de grace à esperer, ni tous
ceux qui seront contre nous, de
quelle Religion qu'ils soient.

Nous voulons aussi servir Dieu,
chanter ses immortelles Loüanges,
& faire annoncer sa Parole par
tout là où nous passerons.

Je remonte à la source de nôtre mal, parlant à tous les Vicai-
res, Prieurs & Prêtres, & autres qui causent la desunion, &
veulent détruire l'Empire de Nôtre
Seigneur Jesus-Christ: qu'ils ayent
à se retirer de parmi nous, sur

peine de la vie ; & aux Parroif-
fiens qui les garderont dans leurs
Communautez, d'eftre traitez fui-
vant les Loix militaires, qui font
d'eftre pillez & bruflez, faute d'o-
béïßance.

Affurant à tout le Peuple qui
liront ou entendront parler de la
fufdite entreprife, que nous avons
jetté les fourreaux de nos épées en
arriere, avec promeße de ne les
plus remettre que les demandes ci-
deffus ne nous foient accordées. Fait
au Defert le 12. May 1709.
A B R A H A M, figné.

Cet Abraham eftoit un des
quatre Hommes envoyez par Cavalier : il avoit efté un de fes
Lieutenans ; & outre cela, il
eftoit reconnu pour un Prophéte Fanatique : On lui avoit ac-
cordé trois fois, par differents
motifs, le pardon de fes crimes, & la permiffion de fortir

du Royaume ; & il estoit revenu autant de fois dans le Païs,
pour y renouveller les desordres. Nous verrons dans la suite,
quelle fut la destinée de ce Mi-
sérable.

Mr. le Duc de Roquelaure
& Mr. de Basville, ayant appris cette fâcheuse nouvelle,
ne douterent point que ceux
dont il estoit parlé dans les
Lettres que nous avons ci-devant rapportées, n'eussent ex-
cité ce soulevement ; & que
cet Ecrit ne fust la déclaration
d'une nouvelle guerre fanatique, qui alloit commencer dans
le Vivarés.

On ne sçauroit courir avec
assez de diligence à un feu qui
commence à s'allumer : Ils re-
çurent ces nouvelles à Montpellier, le 14. du mois de Juin :
ils en partirent le 15. pour se

rendre au St. Eſprit ; afin de s'informer de plus prés de tou-tes choſes , & eſtre à portée d'aller où leur preſence ſeroit neceſſaire.

En paſſant à Nîmes, ils ap-prirent que les Religionaires y avoient convoqué une Aſſem-blée ; & pour ne rien laiſſer derriere eux qui puſt leur faire de la peine, avant que de paſ-ſer outre , ils trouverent à pro-pos de faire punir ceux qui y avoient eſté pris. Le Predicant, qui eſtoit un Cordonier de cet-te Ville, avec quelques-uns des plus coupables, furent envoyez aux Galeres ; les Femmes dans les Priſons d'Aygues-Mortes, & les Filles dans celles de Car-caſſonne.

Quoique cette Aſſemblée eût eſté faite ſans armes , il eſtoit neanmoins important d'en châ-

tier les Auteurs ; parcequ'il y
avoit apparence, que leur deffein eftoit d'exciter les Efprits
à la revolte, dans le temps que
celle du Vivarés, dont ils eftoient inftruits, alloit éclater :
& l'on doit fans doute attribuer
à cette fage précaution, la tranquilité dans laquelle demeurerent les Huguenots de ce Païs,
tandis qu'on calmoit ailleurs l'o-
rage qui s'y eftoit élevé.

Lorfque Mr. le Duc de Ro-
quelaure & Mr. de Bafville furent arrivez au St. Efprit, ils
fçurent que le Sr. de la Caze
avoit attaqué & chargé les Revoltez ; mais qu'il ne leur avoit
tué que peu de Gens, parcequ'ils avoient fait peu de refiftance, & pris la fuite du cofté
de Vals, où Mr. Courten les
avoit fuivis, fans pouvoir les
joindre, à caufe que de là, ils

s'estoient retirez vers les Boutieres , au nombre d'environ
trois cent.

Un Soldat des nostres , qui
fut pris dans l'action du Sr. de
la Caze , & renvoyé par les Rebelles , sans qu'ils lui fissent aucun
mal , donna lieu au faux bruit
qui courut alors, que Cavalier
estoit le Chef de cette Troupe.
Ce Soldat asseuroit lui avoir parlé , & en faisoit un portrait assez ressemblant : mais, on sçut
dans la suite , par les Prisonniers qu'on fit sur eux , qu'elle
estoit commandée par Abraham , Daniel , Dupont & Jus-
tet, qui avoient esté Officiers
dans le Regiment que Cavalier
fit lorsqu'il sortit du Royaume ;
& que c'estoient ceux-là même
qu'il avoit envoyez , comme En-
fans-perdus , pour commencer
la revolte.

Mr. de Baſville, qui gardoit des Memoires où eſtoient les noms & les portraits des plus dangereux Fanatiques, lorſqu'on lui nomma ces quatre Scelerats, & qu'on les lui dépeignit, ſe ſouvint de les avoir vûs en 1704. parmi ceux qui ſe rendirent : il ſe ſouvint auſſi, qu'en 1702. trois Officiers reformez, venant de Hollande, avoient eſté ar-reſtez en paſſant le Rhône ; & qu'un d'eux lui declara, que le Penſionnaire Heinſius les avoit envoyez avec un Projet de re-volte ; dans lequel il leur don-noit pour principale inſtruction, *de ne point tuer ni bruſler, mais ſeulement de promettre aux Peu-ples la décharge des Impots, & le rétabliſſement de la Religion Proteſtante* : Enſorte que, fai-ſant reflexion à l'article 4. de l'Ecrit que je viens de rappor-

ter, & à la conduite que tenoient alors les Revoltez du
Vivarés, qui ne tuoient que
ceux qui les attaquoient, il jugea que ce prefent foulevement
eftoit un Plan de revolte, cor-
rigé fur celui des Cevenes, &
formé fur le Modelle de celui
qu'Heinfius avoit autrefois dicté
lui-même à ces trois Officiers.

Ce n'eftoit point par un fentiment d'humanité qu'on avoit
infpiré aux Revoltez de tenir
cette conduite ; mais, c'eftoit
pour rendre le foulevement plus
general, & de plus longue durée : car, il eft certain que les
cruautez horribles des Fanatiques des Cevenes, avoient efté
generalement condamnées de
tout le monde ; & que fans cela, les troubles qu'ils exciterent
n'auroient pas fitoft fini.

Ainfi, il y avoit lieu de craindre

dre que ce foulevement ne fuft
plus dangereux que l'autre : par
cela même , qu'il eftoit plus mo-
deré , & qu'il follicitoit également à la revolte , & les Catholiques & les Religionaires ;
en promettant à ceux là, la décharge des Impots, & à ceux-
ci , le rétabliffement de leur
Religion.

Ce qui rendoit encore ce
foulevement à craindre , c'eft
que le Vivarés eft un Païs plus
rude que les Cevenes , & par
conféquent plus favorable à des
Revoltez : Il eft vrai que les
Cevenes ont des Montagnes &
des Bois , qu'on ne penetre
qu'avec peine ; mais on y trou-
ve de beaux Valons , & en
plufieurs endroits des routes affez commodes : au lieu que dans
le Vivarés, les Montagnes font
plus hautes, les Bois plus épais,

L

les Valons affreux ; enſorte que
la ſeule vûë de ce Païs ſau_
vage fait horreur aux Voya-
geurs.

Ajoûtés à cela , que comme
les Peuples tiennent ordinaire_
ment quelque choſe de la nature des Païs qu'ils habitent,
les Vivarois eſtoient beaucoup
plus à craindre que les Ceve-
nois : Ceux-ci , par le commerce qu'ils ont avec leurs Voi_
ſins du Bas-Languedoc , ont
un peu adouci la ruſticité de
leur naturel ; & quoiqu'ils ſoient
demeurez legers & malins, ils
ſont neanmoins dévenus aſſez
faciles & ſociables : ceux-là,
qui ne ſortent jamais de leurs
Montagnes , ont conſervé toute leur ferocité, & ſont farou-
ches & intraitables.

Outre cela , la conjoncture
du temps faiſoit beaucoup crain-

dre pour ce foulevement. La France eſtoit alors dans le plus fort d'une longue & cruelle guerre : la Campagne alloit commencer : les pertes que nous avions faites, avoient reveillé l'eſprit de revolte parmi les Religionaires : les eſperances de Paix, dont on ſe flatoit de temps en temps, s'évanoüiſſoient preſqu'en naiſſant : Nous ſortions d'un Hiver terrible, qui avoit ravagé la Terre, & annoncé la famine : les Peuples, ſur tout ceux des Montagnes, ſe ſentoient déja preſſez de la faim. Tous ces malheurs enſemble, faiſoient juſtement apprehender , que des Gens à qui la vie eſtoit à charge, ne ſe laiſſaſſent facilement entrainer dans la rebellion : & que les agitations ſanglantes qui avoient deſolé le Languedoc, ne vinſſent à recommencer.

Nous eſtions d'ailleurs peu
en eſtat, dans la Province, de
ſoûtenir une affaire ſi dange-
reuſe & ſi declarée. Dans tout
le Païs où la revolte avoit éclaté d'une maniere ſi vive, nous
n'avions que trois Compagnies
de Suiſſes , & le Regiment du
Boulay , qui n'eſtoit guere en
eſtat de bien ſervir. Mr. le Duc
de Roquelaure n'avoit dans le
Languedoc , que le Regiment
de Dragons de la Province,
deux Compagnies d'Irlandois,
& quelques méchantes Milices:
il attendoit des Toupes ; mais
il n'avoit , ni bled pour les
nourrir, ni argent pour les payer. Mr. Courten , qui commandoit les Suiſſes en Vivarés,
faute de paye, n'oſoit ſe fier à
eux : Les Soldats commençoient
à deſerter ; les Peuples crioient ;

les bons Serviteurs du Roy eſtoient conſternez ; les Mal-intentionnez ſe réjoüiſſoient , &
la revolte alloit ſon train.

Avant que de partir de Montpellier, Mr. le Duc de Roquelaure avoit prévû toutes ces
difficultez , & eu la précaution
d'envoyer demander du ſecours
à Mr. le Duc de Bervvick ,
qui eſtoit en Dauphiné ; & qui
détacha auſſitoſt , de l'Armée
qu'il commandoit , le Regiment
de Boiſſieux , & deux Bataillons
de celui de Quercy.

Mr. de Baſville pourveut auſſi
en diligence à ce qui eſtoit de
ſon miniſtére. Lorſqu'il receut
la nouvelle du ſoulevement , il
eſtoit occupé du ſoin de garantir la Province de la famine: Pour cela, il avoit envoyé
querir du bled au Levant, d'où,
bientoſt aprés , nous vint l'a-

bondance ; & il en faiſoit alors amaſſer dans Montpellier, pour ſes Habitans : mais, comme la prudence veut qu'on remedie à ce qui preſſe le plus , il ordonna qu'on en priſt une partie , dont il fit faire promptement de la farine ; laquelle fut enſuite tranſportée en Vivarés, & arriva ſur les Lieux à point nommé, pour nourrir les Troupes.

Outre cela , il emprunta tout l'argent qu'il peut trouver dans les bourſes de ſes Amis ; entre leſquels, Mr. de Chambonas, Evêque de Viviers, ſignala ſon zéle, par un preſt conſidérable, & qui fut d'un trés grand ſecours.

Lorſque Mr. le Duc de Roquelaure fut aſſuré d'avoir, à-peu-prés, ce qui lui eſtoit neceſſaire pour tenir la Campa-

gne, il commença à fe mettre
en action, refolu de chercher
fans relâche les Rebelles, &
de ne point ceffer de les pourfuivre, qu'il ne les euft entierement diffipez.

Mais auparavant, il envoya
aux Troupes qui lui venoient
du Dauphiné, de hâter leur
marche, & de fe rendre à Privas le 25. de Juin. Le même
rendés-vous fut auffi donné au
Regiment de Dragons de Languedoc, & à deux Compa-
gnies de celui de Guienne : auf-
quelles il ordonna de traverfer
les Cevenes, & de paffer à
Pradeles & à Langogne ; afin
que fi les Revoltez, qu'il vouloit aller chercher dans les Boutieres, fe jettoient de ce cofté-
là, ils fuffent envelopez, &
que les Dragons puffent fe joindre au peu de Troupes que Mr.
L iv

de la Lande y commandoit.

Ces ordres donnez , il partit du St. Esprit , avec Mr. de Basville , & accompagné de toute la Noblesse du Vivarés , qui s'estoit renduë auprés de lui , pour aller à Aubenas ; dans le dessein de contenir , en attendant , le Païs , par sa presence , n'ayant encore avec lui d'autres Troupes , que les deux Compagnies d'Irlandois commandées par le Sr. Cote.

Il prit d'abord le chemin du Poufin , qui est le plus court : mais , ayant eu avis que les Revoltez avoient fait un mouvement , qui marquoit qu'ils avoient envie de se jetter dans les Cevenes , par un Païs couvert de Bois , qui les menoit à Florac , il changea sa marche , & prit la route de Joyeuse ; afin de les couper , s'ils con-

tinuoient dans le mouvement
qu'il avoient fait ; ou , s'ils s'o-
piniaftroient à refter dans le
Vivarés , de leur tomber deffus, en paffant par Aubenas.

Les Troupes s'avançoient de
tous côftez, & il eftoit arrivé
à Joyeufe le 24. d'où il fe preparoit à partir le lendemain
pour aller joindre Mr. Courten à Privas , lorfqu'il apprit
la nouvelle d'un malheur , auquel il n'y avoit aucune apparence qu'on fe dût attendre.

Ce Colonel Suiffe , depuis
l'action du Sr. de la Caze , avoit
toûjours fuivi les Revoltez, avec
toute la diligence poffible, &
enfin il les avoit joints. Ils n'é-
toient qu'environ fix vingt ; &
il avoit avec lui la Compagnie
Colonelle du Regiment de Hef-
fy, & deux autres Compagnies
franches ; ce qui faifoit prés de
L v

trois cens Hommes : Il avoit gagné les hauteurs , & les te-noit ferrez de fi prés , & avec tant d'avantage, qu'ils ne pou-voient éviter d'eſtre taillez en pieces : mais, quand il fut queſ-tion de les faire charger, tous les Soldats Suiſſes, bien loin de tirer, ne voulurent pas feule-ment prefenter leurs armes : Les Revoltez leur rendirent la pa-reille , & ne tirerent que ſur les Officiers , qui, aprés avoir fait tout ce que de braves Gens pouvoient faire , furent enfin obligez de faire retirer leur Dé-tachement, & de laiſſer rem-porter cet avantage à cette Ca-naille, fur des Troupes reglées, qui devoient les écrafer.

L'on eut de la peine à com-prendre d'où pouvoit venir cet-te intelligence entre des Suiſ-fes & des Vivarois : Il n'eſtoit

pas croyable que ce fuſt lâ-
cheté du coſté des Suiſſes., ils
avoient toutes ſortes d'avantages : ce ne pouvoit eſtre auſſi
par un motif de Religion, il
n'y avoit que peu de Religionaires dans ce Détachement ;
enfin, on ſoupçonna que quatre Soldats Suiſſes en pouvoient eſtre la cauſe. Quelques
jours avant cette action, ils
avoient eſté pris par les Rebelles, qui les renvoyerent volontairement, aprés les avoir
fait bien boire & bien manger
tout le temps qu'ils les avoient
gardez : enſorte que l'on crut
que ces quatre Soldats avoient
informé tous leurs Camarades
de ce bon traitement ; & qu'en
reconnoiſſance, ils avoient concerté enſemble, quand l'occaſion s'en preſenteroit, de ne
point tirer ſur des Gens qui

recevoient fi bien les Soldats de leur Nation.

Les Revoltez en avoient ufé de la forte envers ces quatre Soldats, à caufe que, par les raifons que nous avons dites, ceux qui dirigeoient ce foulevement, leur avoient recommandé de ne point maltraiter ceux qui tomberoient entre leurs mains, & de ne pas imiter les Fanatiques des Cevenes qui les égorgeoient; enforte que, comme les fols vont toûjours à l'extréme, les Fanatiques du Vivarés s'aviferent de regaler leurs Prifonniers.

Cependant, Mr. le Duc de Roquelaure, craignant que les Soldats Suiffes ne pouffaffent encore plus loin la reconnoiffance, & ne vinffent à deferter pour fe jetter parmi les Rebelles, crut qu'on ne pouvoit fe fervir d'eux dans ce Païs, fans quelque danger ; & ils furent renvoyez à leurs Bataillons, où, par le Confeil de Guerre, ils furent décimez en arrivant, afin de laver la tache qu'une pareille faute auroit pû faire à une Nation, dont la valeur & la fidélité font également con‑ nuës de toute la terre.

Comme, dans cette malheu‑ reufe affaire, les Revoltez ne tirerent que fur les Officiers, nous y en perdîmes deux, qui eftoient des gens d'un trés‑grand merite. L'un fut, le Sr. de Muller, Capitaine Suifle, qui y fut tué, & extrémement re‑ greté : L'autre, le Sr. de Maf‑ fillan, qui eut le même fort : il avoit long‑temps fervi ; com‑ mandé un des Regimens des Fu‑ filiers de Languedoc ; & ayant alors une Compagnie franche, il avoit fuivi Mr. Courten dans cette expedition.

Rien n'eft plus à craindre, au commencement d'une revolte, que de laiffer remporter quelque avantage à des Seditieux ; fur tout, quand on a à faire à des Fanatiques, qui s'imaginent d'abord que le Ciel fe déclare pour eux : Et il eft certain que cet échec, arrivé aux Troupes du Roy à la premiere occafion, eftoit capable d'entrainer tout le Païs dans le parti des Rebelles, fi Mr. le Duc de Roquelaure n'y euft promptement remedié.

Le fecours qu'il attendoit n'étoit pas encore venu : il avoit renvoyé ces Soldats nonchalans, qui epargnoient les Revoltez. Il fit d'abord marcher contr'eux, le peu de Troupes qui lui reftoient : Et en atten-

dant qu'il y puſt marcher lui-
même avec ſuperiorité , pour
ne point commettre l'honneur
des Armes du Roy contre des
Gueux , il parcourut , en diligence , avec Mr. de Baſville ,
toutes les Communautez du
Païs ; leur dénonçant , que ſi
elles fourniſſoient des vivres aux
Attroupez , il les feroit punir
avec la derniere ſeverité : Il ſe
fit donner les noms de tous les
Jeunes-Gens qui avoient quitté
leurs Maiſons pour ſe joindre à
eux: parla lui-même à leurs
Parens ; & leur déclara, que
s'ils n'obligeoient leurs Enfans
à revenir, & à rapporter leurs
armes dans quatre jours, il s'en
prendroit à eux-mêmes. Pour
les Gentilshommes , il ne fut
pas neceſſaire de les exhorter
à faire leur devoir ; puiſqu'on
ne ſçauroit jamais aſſez loüer

le zéle que toute la Nobleffe témoigna dans cette occafion pour le fervice du Roy.

Par cette conduite, il affama les Revoltez ; empêcha leur Troupe de groffir ; engagea les principales Communautez à prendre le bon parti ; contint dans le devoir celles qui chanceloient ; intimida les autres par la crainte des châtimens, & fe rendit abfolument le Maiftre de tout le Païs.

L'on avoit craint que les Catholiques, flatez de l'exemption des Impots, n'augmentaffent le nombre des Seditieux ; mais Mr. le Duc de Roquelaure, & Mr. de Bafville, dans tous les Lieux de leur paffage, les avoient fi vivement exhortez à demeurer fermes dans leur devoir, qu'aucun ne fe laiffa entrainer dans la rebellion.

L'on avoit auſſi apprehendé avec beaucoup de raiſon , que la retraite des Suiſſes devant les Attroupez, n'euſt reveillé l'eſprit de revolte dans les Cevenes ; mais la précaution d'y avoir fait paſſer les Dragons du Regiment de Languedoc , qui firent ſouvenir les Peuples de leurs malheurs paſſez , les retint , & l'on ſçut depuis auſſi , qu'ayant eſté ſollicitez par ceux du Vivarés à ſe joindre à eux, ils avoient refuſé de le faire , parceque lorſqu'ils s'eſtoient ſoulevez eux-mêmes , ceux du Vivarés n'avoient pas voulu ſe revolter.

Cependant , à meſure que les Troupes qui eſtoient en marche arrivoient, Mr. le Duc de Roquelaure leur faiſoit occuper les avenuës des Bouttieres , Païs affreux , dont on auroit eu beaucoup de peine de chasser les Rebelles ; mais il leur en ferma si bien les passages, qu'ils ne purent jamais s'y établir.

Enfin, le 4. & le 5. du mois de Juillet, toutes les Troupes qu'il attendoit le joignirent, & dans ce même temps, ayant eu avis que les Revoltez estoient montez du costé du Cheilar & de Ste. Greve, il se mit à la teste d'un Détachement de Grenadiers, & de Soldats choisis, & marcha droit au Païs où ils estoient allez ; ordonna aux Regimens de Languedoc, de Boissieux, & de Quercy, de s'y rendre, & leur marqua les routes qu'ils devoient tenir, afin que les uns ou les autres pussent tomber sur la Troupe des Rebelles.

Mr. de Basville, qui sçavoit par experience, combien il est

important de faire diligence dans ces occafions, ne quitta jamais noftre petite Armée, & avoit fi bien reglé toutes chofes, que quoiqu'elle paffaft par des Païs arides & ruinez, les munitions de guerre & de bouche la fui- voient par tout : les Soldats nour- ris & payez, alloient où on les menoit, fans fe rebuter, ni par la longueur des marches, ni par la difficulté des chemins ; tandis que la mifere, la faim, ou la crainte d'en venir aux mains, chaffoit les Revoltez devant les Troupes du Roy, & les obligeoit à s'en éloigner le plus qu'ils pouvoient.

Auffi, lorfque Mr. le Duc de Roquelaure fut arrivé à St. Pier- re-ville, où il avoit crû les trou- ver, il y apprit que fur le bruit de fa venuë, ils s'eftoient reti- rez du cofté de Vernoux, fur la

Montagne d'Isserlets, au nombre de deux ou trois mille : que
là se croyant en sureté,ils avoient
fait prêcher : que leurs Chefs
avoient hautement declaré qu'ils
y vouloient attendre nos Troupes; & que même , ils avoient
eu l'insolence d'envoyer ordre à
tous les Curez des environs, de
sortir de leurs Parroisses , sur
peine de la vie.

Il prit aussitost la resolution
de les aller attaquer sur cette
Montagne , par trois differents
endroits. Mr. le Chevalier de
Miromenil , avec deux Bataillons du Regiment de Quercy,
dont il est Colonel, eut ordre
de marcher à Vernonx : le Regiment de Dragons de Languedoc à St. Julien ; & il marcha
lui-même , avec les autres Troupes , du costé du Cheilar , & de
Gluiras.

Ces Détachemens partirent des environs de St. Pierre-ville le 8. Juillet, à deux heures aprés minuit, & arriverent à neuf du matin aux Lieux où il leur avoit esté ordonné de se rendre ; mais quand on voulut commencer l'attaque , on fut bien surpris d'apprendre que les Revoltez s'estoient retirez pendant la nuit.

On se mit aussitost à foüiller la Montagne, les Bois, & tous les Lieux des environs, pour tâcher de les trouver , mais ce fut inutilement ; il n'estoit pas seulement possible de sçavoir quel chemin ils avoient pris : tous les Païsans qu'on trouvoit estoient pour eux, & ne vouloient point parler ; & ce ne fut qu'à quatre heures du soir, que l'on découvrit enfin qu'ils avoient tenu la route de Crusol.

Les Troupes estoient en mou-

vement depuis trois jours ; elles
avoient extrémement fatigué ce
jour-là , ayant marché fans relâche depuis deux heures du matin jufqu'à quatre du foir , par
des Lieux affreux ; ainfi elles
eftoient prefque épuifées de forces : Neanmoins , Mr. le Duc
de Roquelaure voyant qu'il eftoit de la derniere confequence
de ne point ceffer de pourfuivre les Rebelles , qu'on ne les
euft joints, il exhorta vivement
les Officiers & les foldats, d'employer à cette pourfuite ce qui
leur reftoit de vigueur ; & les
excita principalement à faire encore ce dernier effort , par l'e-
xemple qu'il leur en donna lui-
même.

Il ordonna fur le champ au
Chevalier de Miromenil, de fuivre les Revoltez à la pifte avec
les deux Bataillons de Quercy ;

& comme il y avoit apparence au chemin qu'ils avoient pris, que leur dessein estoit de se jetter dans les Bouttieres par St. Fortunat, il marcha lui-même de ce costé-là avec les autres Troupes, & passa au dessus de Vernoux, pour les couper, & les mettre entre deux feux.

La conduite & la diligence font presque tout à la guerre : Tout le monde avoüa depuis, que c'estoit à cette marche forcée, que l'on devoit la fin de ce soulevement. Mr. de Miromenil ne discontinua point de suivre les Revoltez qu'il ne les eust decouverts ; & il les joignit enfin à six heures du soir prés d'un Lieu appellé Barjac. Ils estoient postez sur la cime de la Montagne de Leiris, qui est fort haute, & de tres difficile accés, au pied de laquelle cou-

le la petite riviere de Breſſon.
Dans la ſaiſon où l'on eſtoit
alors, il y avoit encore aſſez de
jour pour les combattre. Il paſſa ce Ruiſſeau à leur vûë, &
commença à monter par leur
droite pour les attaquer. Dés
qu'ils s'apperçurent qu'on marchoit à eux, ils firent tout-d'un-
coup un mouvement, qui fit
croire qu'ils s'alloient jetter dans
un Bois qui eſt de l'autre coſté
de la Montagne; mais un moment aprés, on les vit revenir
dans leur premier poſte; ils s'y
rangerent en bataille, prepare-
rent leurs armes, & ſe mirent
à chanter leurs Pſeaumes.

On eſtoit aſſez prés d'eux,
pour juger qu'ils n'eſtoient alors
qu'environ deux cent, les autres s'eſtoient retirez dans leurs
Villages en quittant la Montagne d'Iſſerlets : Cependant,
quoiqu'ils

quoiqu'ils fuffent en fi petit nombre, ils ne voulurent pas fe fervir de l'avantage de la hau- teur, que nous n'avions pû en- core gagner fur eux ; ils vinrent fierement à nous, s'approche- rent à dix pas des Bataillons, & firent leur décharge un genoüil à terre, avec cette audace que le Fanatifme donne à ceux à qui il a fait perdre la raifon.

Nos Soldats effuyerent leur feu fans fe rompre ; & quoiqu'ils euffent encore à monter, ils al- lerent fur eux d'une maniere fi vive & fi prompte, qu'ils ne leur donnerent pas le temps de re- charger, mais les enfoncerent de tous coftez la bayonete au bout du fufil, tuant tous ceux qu'ils pouvoient joindre.

Les Revoltez ne laifferent pas encore, quoiqu'accablez de toutes parts, de fe deffendre juf-

M

qu'à la derniere extrémité, & de combattre en deſeſperez, les uns à coups d'épées, les autres avec des faux manchées à rebours, & ceux qui n'avoient pas d'autres armes, ſe ſervoient de pierres, que le Champ du combat leur fourniſſoit abondament.

Ce fut alors qu'on vit faire à ce Juſtet de Vals, dont j'ai déja parlé, une action, qu'on auroit de la peine à croire, ſi pluſieurs n'en avoient eſté les témoins : Cet Homme feroce n'ayant plus d'armes à la main, & ſe voyant preſſé par deux Grenadiers, qui ne lui donnoient pas le temps de lever des pierres, les ſaiſit tous deux par les cheveux ; & comme il eſtoit extrémement fort, il ſe mit à les ſecoüer l'un contre l'autre, avec tant de violence, qu'il les auroit peut-eſtre aſſommez, ſi un de leurs Officiers n'eſtoit ſurvenu, qui le perça de pluſieurs coups d'épée au travers du corps, ſans lui pouvoir faire lâcher priſe, qu'aprés qu'il les eut entrainez tous deux par terre avec lui, & qu'il eut expiré ſur eux.

Il y en eut plus de ſix-vingt de tuez ſur la place, entre leſquels, outre ce redoutable Juſtet, on trouva auſſi Dupont, dont il eſt parlé dans une des Lettres que j'ai rapportées, & qui paſſoit pour le plus habile de leurs Chefs : Les trente Jeunes-Hommes de Vals, qui avoient aſſaſſiné Mr. de Vacance, y furent preſque tous tuez : leur Prédicant fut auſſi trouvé parmi les morts ; il eſtoit vêtu d'une longue robe noire, & il avoit eſté vû dans l'action au milieu d'eux, les exhortant à combattre.

M ij

Par les dépoüilles des morts, dont les Soldats profiterent, on ne douta point que les principaux des Rebelles n'euſſent eſté tuez : Le Champ de bataille ſe trouva couvert de leurs armes. Pour le nombre des bleſſez, il ne fut pas poſſible de le ſçavoir : la plûpart ſe trainerent comme ils purent d'un coſté & d'autre dans les Bois, & ceux qui ne purent pas fuir ne voulurent point de quartier.

Abraham leur General, ne combattit point : on ſçut qu'il en avoit eſté empêché par deux bleſſures qu'il avoit reçuës au combat du ſieur de la Caze, dont il n'eſtoit pas encore gueri ; mais il fut vû à cheval, eſcorté de vingt Hommes, au ſommet de la Montagne, d'où il fut ſpectateur de l'action, & prit enfin la fuite avec le débris de ses Gens, dans les Bois du voisinage, où ils furent poursuivis jusques bien avant dans la nuit.

La défaite de cette Troupe, dont la nouvelle fut répanduë par tout, effraya les Rebelles, étonna les Mal-intentionnez, & intimida un nombre infini de Scelerats du Païs, qui n'attendoient qu'un évenement favorable à la revolte, pour se declarer.

Cependant, cette action, toute complete qu'elle fust, ne laissa pas de nous coûter assez, par la resistance opiniâtre que firent des Gens, à qui la faim, le desespoir, & le Fanatisme, inspiroient l'audace, la fureur, & le mépris de la mort.

Mr. le Chevalier de Miromenil, qui combattit à la teste des Bataillons, avec toute la con-

M iij

duite & la valeur possibles, y fut
blessé d'un coup de pierre à la
teste, & eut le bras cassé d'un
coup de fusil : Les deux Capitaines des Grenadiers de son
Regiment y furent tuez : Il y
eut encore deux autres Capitaines & trois Lieutenans blessez,
dix Soldats tuez, & une quarantaine blessez.

Le sieur Dumolard, qui con-
noissoit parfaitement le Païs, &
que Mr. de Basville avoit donné
au Chevalier de Miromenil pour
le conduire, contribua beaucoup
à cet heureux succés, par les
bons avis qu'il lui donna, &
par la route qu'il fit tenir aux
deux Bataillons de Quercy, qui
se signalerent dans cette occasion, & par la diligence qu'ils
firent dans leur marche, & par
la valeur avec laquelle ils com-
battirent.

Les miferables reftes de cette Troupe de Revoltez, eurent toute la nuit pour s'éloigner, & s'aller cacher dans les Cavernes des Montagnes, & dans le fonds des Bois, dont ce Païs eft couvert; auffi le lendemain, & le jour fuivant, quelque recherche qu'on en fift de tous coftez, on ne put trouver qu'une vingtaine de ces Malheureux, qui, quelques jours aprés, furent condamnez à la mort, & executez à Vals, à Privas & à Vernoux.

Le 10. de ce même mois, Mr. le Duc de Roquelaure apprit qu'ils s'eftoient raffemblez encore prés de Pierre - Gourde : que dans la nuit ils avoient paffé la riviere de Rieux, au nombre de foixante, parmi lefquels on en avoit vû plufieurs qui eftoient bleffez; & que Mr. de Monteils, Gentilhomme de ce Can-

M iv

ton, trés-zélé pour le service du
Roy, qui commandoit une Compagnie franche, avec un Détachement de deux cens Hommes,
estoit aprés eux au Pont des
Oüillieres, & esperoit de les
joindre incessament.

Sur cet avis, il marcha aussitost à Privas, parcequ'il y avoit
apparence que leur dessein estoit
de s'approcher des Bouttieres,
& disposa les Troupes de maniere, que quelque parti qu'ils
prissent, il estoit impossible
qu'on ne tombast sur eux : Mais,
ayant ensuite esté averti qu'ils
avoient repassé la même riviere,
& s'estoient rejettez dans le
Bois de Pierre-Gourde, d'où
ils s'estoient allez poster pour
une seconde fois sur la Montagne de Leiris, il fit marcher de
ce costé-là toutes ses Forces,
par quatre differents endroits;

avec ordre de ne laisser dans leur marche, ni Bois, ni Cavernes, ni Hameaux, sans les foüiller avec la derniere exactitude; ne s'agissant plus que de les trouver, pour les exterminer tout-à-fait.

Dans le temps qu'on faisoit cette recherche, un Homme qui avoit esté parmi eux depuis le commencement de la revolte, & que la faim avoit forcé de se venir rendre, déclara à Mr. de Basville; *que depuis leur déroute, ils estoient extrémement consternez, & réduits à la derniere necessité; parceque les Habitans du Païs, qui jusques là, malgré leur misere, s'estoient retranchez de leur subsistance pour les nourrir, ne vouloient plus leur fournir des vivres: Que neanmoins ils protestoient qu'ils combattroient jusqu'à la derniere goute de leur*

M v

sang ; & qu'ils estoient dans l'at-
tente de quelque Secours, qui de-
voit bientost arriver.

Comme tous les Prisonniers
qu'on faisoit sur eux, tenoient
à-peu-prés le même langage, &
parloient de ce secours attendu, Mr. le Duc de Roquelaure, & Mr. de Basville, jugerent
que l'esperance de ce secours,
qui entretenoit leur opiniâtreté
dans la revolte, venoit sans doute d'une Lettre de Cavalier, qui
avoit mandé à un de ses Amis ;
qu'il avoit envoyé dans le Païs
Daniel & Dupont, & qu'il les
suivroit bientost : Ensorte qu'ils
crurent, que le dessein de ceux
qui conduisoient ce soulevement,
estoit de remettre de nouveau
sur la Scene ce General Fanatique, comme celui en qui les
Rebelles avoient le plus de confiance.

Et il eſtoit vrai, que Cavalier faiſoit publiquement courir
le bruit de ſa venuë, quoiqu'il
n'y penſaſt nullement, ainſi que
la ſuite nous l'apprit. Cependant,
comme il y avoit beaucoup d'apparence qu'il devoit venir, &
qu'il pouvoit eſtre introduit dans
le Vivarés, ou par le Dauphiné, avec un Corps de Religionaires, qu'il eſtoit facile d'y aſſembler, ou par une Deſcente
ſur nos Côtes ; pour parer un
coup ſi dangereux, dans la con-
jonĉture où l'on eſtoit, ils firent
trois choſes.

Premierement, ils informe-
rent la Cour de la juſte crainte
où ils eſtoient, & demanderent
deux Galeres pour la deffenſe
des Côtes ; répréſentant auxMi-
niſtres, qu'elles n'y avoient jamais eſté plus neceſſaires.

Secondement, ils écrivirent
M vj

à ceux qui commandoient en Dauphiné, d'y obferver les Re-ligionaires ; & donnerent des ordres pour veiller avec plus d'exactitude qu'on n'avoit encore fait, fur tous les endroits où l'on pouvoit traverfer le Rô-ne, depuis fon embouchure juf-qu'à Lion.

Et en troifiéme lieu, ils firent refolution de mettre tout en ufage, pour faire périr promp-tement le refte des Revoltez, afin que fi Cavalier, ou d'au-tres, fe préparoient à les venir joindre, ils en perdiffent l'en-vie, en apprenant qu'ils avoient efté entierement écrafez.

Il eft vrai que cette année.là, il n'arriva rien de ce que Mr. le Duc de Roquelaure, & M. de Bafville, avoient craint : mais, il femble qu'ils prévirent alors ce qui arriva la fuivante ; c'eft-à-dire, le Projet de revolte que nos Ennemis firent en Dauphiné, & la Descente qui fut effectivement faite au Port de Cette.

Cependant, la resolution d'exterminer promptement les Attroupez, passa de l'esprit de ceux qui l'avoient prise, dans celui de tous les Officiers & de tous les Soldats : Et quoiqu'il fust presqu'impossible de faire plus de diligence qu'on n'avoit fait jusqu'alors, on commença d'abord à agir avec plus de vivacité qu'on n'avoit encore fait.

Depuis la défaite de leur Troupe, qui arriva, comme nous avons dit, le 8. de Juillet, on employa cinq ou six jours à les chercher ; mais ce fut inutilement : Ils avoient perdu leurs meilleurs Hommes, presque tous leurs Chefs, & n'osoient plus

paroiſtre en Campagne : Preſſez
par la faim qui les chaſſoit de
par tout, & talonnez par nos
Troupes, qui ne leur donnoient
pas le temps de reſpirer, ils
couroient de Montagne en Montagne, & de Bois en Bois, par
des Païs horribles ; & comme
ils en ſçavoient mieux les ſen-
tiers que ceux qui les pourſuivoient, tout ce que l'on pouvoit faire, eſtoit d'apprendre de
temps en temps par où ils
avoient paſſé ; mais il n'eſtoit
pas poſſible de les joindre.

Enfin l'on apprit le 18. du
mois, qu'ils avoient eſté vûs du
coſté de Ste. Greve ; que leur
Troupe eſtoit d'environ cent
Hommes, ayant groſſi par les
Recruës que le Païs leur avoit
fourni ; que de là, ils avoient
voulu entrer dans les Parroiſſes
voiſines, qui eſtoient remplies

de Religionaires, dont plufieurs
fe feroient joints à eux : mais
que Mr. de Truchet, Gentilhomme de ces Quartiers, leur
en avoit fermé les paffages avec
les Milices qu'il commandoit ;
enforte qu'ils avoient efté obligez de retourner fur leurs pas,
au Lieu d'où ils eftoient partis.

Ce fut Mr. Courten qui reçut cet avis à Vernoux, où il
eftoit indifpofé : Il en informa
auffitoft Mr. le Duc de Roquelaure, qui marcha d'abord du
cofté des Bouttieres, pour deffendre le Païs le plus dangereux ; & par fon ordre, Mr. de
Cheviré partit de Vernoux avec
cent cinquante Dragons à pied
du Regiment de Languedoc,
dont il eft Lieutenant Colonel ;
trois Compagnies à cheval du
Regiment de Dragons de Chatillon, arrivé depuis peu ; les

deux Compagnies d'Irlandois du Sr. Cote , & cent Grenadiers , pour aller chercher les Revoltez où ils avoient esté vûs ; & il lui fut ordonné de ne point discontinuer de les suivre , qu'il ne les eust joints & chargez.

Ces Troupes furent si bien conduites , & marcherent avec tant de diligence , qu'elles les surprirent , & les joignirent à Senereal le 19. du mois , à trois heures aprés midi. Ils voulurent d'abord se retirer , & éviter d'en venir aux mains ; mais Mr. de Cheviré avoit si bien pris ses mesures , pour les empêcher de s'échaper d'aucun costé , qu'ils furent obligez de faire ferme , & de se battre , malgré qu'ils en eussent.

Les trois Compagnies de Dragons à cheval , qui les avoient

approchez les premiers, effuyerent leur feu de fort prés, &
fondirent enfuite fur eux fi vivement, qu'ils les mirent en defordre : Les autres Troupes qui
les envelopoient, les chargerent
auffi en même temps. Ils prirent la fuite : On les pourfui-
vit d'un cofté & d'autre jufqu'à
la nuit ; & ils furent prefque
tous tuez fur la place, ou pris
dans la pourfuite.

Les Païfans du Païs, qui eftoient las de les nourrir, & bien
aifes de s'en défaire, couroient
aprés eux pour les arrêter : Il
en fut ainfi pris une quinzaine,
qu'on trouva encore les armes
à la main, & qui furent envoyez à Mr. le Duc de Roquelaure, qui les fit pendre fur le
champ.

Enfin, cette nouvelle Troupe fut entierement défaite ; leur

Chef ſeulement, qui eſtoit ce
même Abraham dont nous avons
déja parlé, & qui fut vû monté ſur un cheval blanc, trouva
le moyen de ſe ſauver, parcequ'ayant eu le bras caſſé au commencement du combat, il prit
de bonne heure le parti de la
fuite, tandis qu'on eſtoit occupé à tailler ſes Gens en pieces.

Cette action ne fut pas regar-
dée par la victoire que nos Troupes remporterent, car il n'eſtoit
pas bien difficile à tant de braves Gens de vaincre une poignée
de Gueux : mais il eſtoit de la
derniere conſequence de les
trouver, de les joindre, & de
les battre ſi bien, qu'il n'en reſ-
taſt aucun qui puſt ſervir de le-
vain à la revolte dans un Païs
ſi gâté ; & il eſt certain qu'il
falloit toute la diligence, la conduite, & la vigueur que Mr. de

Cheviré employa dans cette affaire, pour la rendre auffi complete qu'elle le fut.

Cependant, comme il n'eftoit
pas poffible de forcer des Defef-
perez à combattre, qu'il n'y euft
du danger à effuyer, & quelque
perte à faire, Mr. Dargentine
qui commandoit les Dragons à
cheval, fut malheureufement
tué à la premiere décharge :
deux autres Capitaines du même Corps y furent bleffez ; & il
y eut encore quelques Dragons
tuez & bleffez.

Le lendemain de cette action
l'on fçut avec certitude, que de
toute la Troupe des Revoltez
il n'en eftoit échapé que cinq
ou fix, qui, tous bleffez qu'ils
eftoient, fe tenoient cachez dans
le fonds des Bois, & dans les trous
des Rochers, où ils ne pouvoient
éviter de perir miférablement.

On ne laiſſa pas de faire encore des perquiſitions exactes de tous coſtez, qui ne furent pas tout-à-fait inutiles; puiſqu'on arreſta un Deſerteur, appellé *Trolier*, qui s'eſtoit érigé en Chef: On le trouva bleſſé, & caché dans une Maiſon: il fut pris, jugé, condamné à la mort, & executé. L'on arreſta auſſi deux des Revoltez, qui ſe trouverent avoir eſté du nombre de ceux qui avoient aſſaſſiné Mr. de Vacance, & qui furent condamnez au ſupplice qu'ils avoient merité.

Les exemples de ces trois Scelerats, & de quelqu'autres, qui avoient eſté pris dans la derniere action, & dont les executions furent faites les jours des Marchez dans les principaux Lieux du Vivarés, étonnerent ſi fort le Païs, aprés la

défaite des Rebelles, que perfonne n'ofa plus branler. Nos
Troupes battoient la Campagne
inutilement : elles ne rencon-
troient que des Miferables qui
mouroient de faim : Les Communautez elles-mêmes leur couroient fus , & les amenoient pour
les faire punir.

Aprés cette derniere déroute
l'on fçut certainement , que de
quatre principaux Chefs qu'ils
avoient , deux , qui eftoient les
plus dangereux , avoient efté
tuez ; & qu'il ne reftoit que
Daniel , qui s'eftoit fauvé bleffé
de trois coups de fufils , & Abraham , qui eftoit auffi propre à
prophetifer qu'à combattre.

Il feroit difficile de pouvoir
exprimer , quelle fut la confternation de tous les Mal-intentionnez de la Province , quand
ils virent le calme revenu dans

le Vivarés : Ils ne pouvoient comprendre, qu'un soulevement, fait dans une conjoncture de temps si favorable, dans un Païs si propre à leurs desseins, qui avoit eu d'abord un succés heureux, & dont ils avoient conçu de si belles esperances, eust esté si tost, & si bien appaisé, qu'il ne restast pas la moindre étincelle d'un si grand embrasement.

Aprés donc que Mr. le Duc de Roquelaure, par des executions Militaires, & Mr. de Basville, par des exemples de Justice, eurent porté la punition de la revolte dans tous les Lieux du Vivarés ; & connu, que non-seulement il n'y avoit plus rien à craindre, mais que même ce qu'ils venoient d'y faire avoit assuré la tranquilité des Cevenes ; ils firent dessein de s'en retourner à Montpellier, dont ils estoient absens depuis six semaines, & où leur presence estoit necessaire pour veiller à la deffense des Costes, & donner leurs ordres pour le passage des Troupes qui revenoient alors d'Espagne.

Avant que de quitter le Vivarés, comme la Parroisse de Vals estoit la plus coupable du Païs, le soulevement y ayant commencé, ils lui firent porter la peine de sa rebellion, en y faisant raser plusieurs Maisons de ceux qui avoient déja peri de la main des Soldats ou par les supplices, & y mirent des Garnisons aux dépens des Religionaires.

Ils découvrirent aussi, avant leur départ, un Agent secret des Rebelles, qui faisoit semblant d'estre bien intentionné pour le fervice du Roy ; mais, cette découverte fut faite d'une maniere qui merite que le Public en foit informé.

Un riche Bourgeois de Vernoux, nommé *Duclos*, avoit un Frere, plus jeune que lui, parmi les Revoltez. Lorfque Mr. le Duc de Roquelaure arriva dant le Païs, Duclos le fit prier de vouloir pardonner fon Frere ; & demanda la permiffion de lui écrire, promettant qu'il le feroit revenir : On lui accorda ce qu'il demandoit ; parcequ'on eftoit bien aife alors d'apprendre, par le retour de cet Homme, ce qui fe paffoit parmi les Rebelles. Duclos écrivit à fon Frere, & le lendemain il montra la Réponfe qu'il en avoit reçuë ; par laquelle, bien loin de vouloir revenir, il ménaffoit fon Frere de le tuer, pour lui en avoir

avoir osé faire la proposition:
il se plaignit d'estre l'homme
du monde le plus malheureux,
d'avoir un tel Frere ; témoigna d'estre allarmé de sa me-
nace, & pria Mr. Courten de
lui accorder sa protection.

Il arriva que ce Frere revolté fut tué à l'action du 19.
Juillet, & qu'on trouva sur lui
un Billet de la main de Duclos ; par lequel il avoit mandé
lui-même à son Frere , de lui
écrire la Lettre ménassante qu'il
avoit montrée : Ce Billet fut
porté à Mr. Courten : il envoya querir Duclos , qui ne sçavoit rien de cela : il lui fit quelques questions au sujet de son
Frere ; ausquelles il répondit
en homme plein de confiance,
& parla comme il avoit déja
fait : mais enfin, Mr. Courten,
ne pouvant plus souffrir son ef-

N

fronterie, lui apprit la mort de
ſon Frere ; lui fit voir ſon propre Ecrit ; le jetta dans la derniere confuſion , & le fit arreſter.

Le deſſein de ce Fourbe eſtoit de pouvoir entretenir commerce avec les Rebelles , ſans
rien riſquer ; mais Dieu permit
que ſa perfidie fuſt découverte.
Mr. de Baſville le fit conduire
à la Citadelle de Montpellier,
avec un autre Bourgeois de Vernoux appellé *Latger* , qu'on
ſoupçonnoit auſſi d'avoir favoriſé les Attroupez, pour faire à
loiſir le Procés à ces deux Hommes, & tâcher de découvrir par
eux, ceux qui avoient eu part
à la revolte : Mais, aprés qu'il
en eut tiré tous les éclairciſſe-
mens dont il avoit beſoin, comme ils lui avoüérent de bonne
foy pluſieurs choſes importan-

tes ; qu'ils ne fe trouverent pas même fi coupables qu'on l'avoit d'abord crû ; que d'ailleurs tout eftoit tranquile, & qu'on avoit fait affez d'exemples, on fe contenta de les détenir en prifon tout le temps qu'on le jugea à propos, & de tirer d'eux des connoiffances, qui pour l'intereft public, valoient plus que les fupplices aufquels ils auroient efté condamnez, fi l'on avoit eu contr'eux toutes les preuves neceffaires.

Mr. le Duc de Roquelaure eftant donc à la veille de fon départ, pour affurer encore mieux en fon abfence la tranquilité du Vivarés, fit defarmer tous les Religionaires ; & après avoir renvoyé à Mr. le Duc de Bervvick les Troupes dont il n'a oit plus befoin, il départit celles qui lui reftoient en quatre

Corps, qu'il pofta à Ste. Greve, à Vernoux, à St. Pierre-
Ville, & à Privas, avec ordre
de veiller fans ceffe, & de marcher au premier avis qu'on auroit de la moindre émotion; &
il en laiffa le commandement à
Mr. Courten, qui eftoit inftruit
de tout ce qu'il y avoit à faire,
& connoiffoit parfaitement le
Païs.

Mr. de Bafville de fon cofté,
fit laiffer des farines pour nourrir les Troupes, de l'argent
pour les payer, & recomman-
da au Sr. du Molard fon Subdelegué dans ce Païs, de con-
tinuer d'y agir avec la même
vigilence qu'il avoit toûjours
fait.

Ils partirent aprés cela, l'un
& l'autre, & laifferent ce Païs,
non-feulement auffi calme que
s'il n'y avoit jamais eu le moin-

dre defordre, mais encore hors
d'eftat de pouvoir eftre trou_
blé à l'avenir, par les bons ordres qu'ils donnerent pour y
contenir les Peuples dans le
devoir.

Ce fut ainfi que ce fouleve_
ment, qui avoit d'abord éclaté
d'une maniere fi vive, fut en_
tierement calmé dans fix fe_
maines, & que le Fanatifme de
noftre temps fe vit éteint dans
le même Païs où il avoit com_
mencé: car le Lecteur fe fou_
vient fans doute, d'avoir lû dans
cette Hiftoire, que Gabriël Af_
tier le porta dans le Vivarés
en 1691. & y excita les premiers
troubles, qui ne furent d'abord
que des Affemblées d'Imbecil_
les, lefquels ne fongeoient qu'à
prophetifer; mais qui dévinrent
dans la fuite des Attroupemens
de Scelerats, qui, joignant la

N iij

rage à la folie, commirent les attentats horribles que nous avons déja racontez.

Les defordres du Vivarés eſtant appaiſez, les plus fedi_ tieux des Religionaires de Lan_ guedoc, ayant perdu toute eſperance de pouvoir rétablir leur Secte par la revolte, demeure_ rent quelque temps tranquiles malgré eux, en attendant une occaſion favorable pour renou_ veller les troubles.

En 1710. la priſe de Doüay par nos Ennemis, reveilla leurs eſperances: Ils entreprirent auſ_ ſitoſt de convoquer une Aſſem_ blée dans les Cevenes ſur la Montagne de l'Irou, prés de Saumane. Comme on veilloit toûjours de prés ſur leur con_ duite, ils furent découverts, quoiqu'ils ſe fuſſent aſſemblez de nuit : On fondit ſur eux:

ils avoient des Gens armez, qui firent quelque resistance; mais ils furent dissipez. Leur Predicant fut tué, avec trois ou quatre de sa Troupe. Nous y perdîmes deux Soldats; & on y fit des Prisonniers, dont deux des plus coupables, & pris les armes à la main, furent conduits à la Citadelle de Montpellier, où Mr. de Basville assembla le Presidial de cette Ville, le 24. du mois de Juillet, pour y procéder à leur Jugement.

Il est remarquable, que le même jour, & à la même heure, que les Juges s'assembloient, une Flote ennemie, composée de vingt-six Vaisseaux de guerre, & de plusieurs Bastimens de charge, parut sur nos Côtes, & fut vûë de tous les Habitans de Montpellier.

Comme toute la Ville en fut d'abord allarmée, & que les Mal-intentionnez des Religionaires s'attendoient à un grand évenement, quelques Gens timides conseillerent à Mr. de Basville, de differer le Jugement de ce Procés; mais il trouva au contraire, qu'il estoit à propos de témoigner de la fermeté, & de ne donner aucune marque de crainte: Il fit condamner à la mort ces Prévenus, & les fit executer sur le champ à l'Esplanade: ensorte que ces deux Misérables, du lieu où on les faisoit mourir, pouvoient voir cette Flote qu'on leur avoit tant promise; de même que de la Flote, nos Ennemis pouvoient voir le supplice de ces Sujets rebelles, pour lesquels ils faisoient cette entreprise.

Ce fut à la pointe du jour que cette Flote parut, à la hauteur de Montpellier : elle estoit rangée si prés de Terre, que sans Lunettes de longue-vûë, on pouvoit distinguer la grosseur des Vaisseaux ; & elle estoit disposée de maniere, qu'elle sembloit affecter de montrer toutes ses forces pour effrayer le Païs.

En cet estat, elle demeura en pane, depuis le matin jusqu'à trois heures aprés midi. Tous les Habitans de la Coste ne doutèrent point qu'elle n'eût quelque grand dessein ; mais ils ne sçavoient de quel costé iroit fondre l'orage : On craignoit, tantost pour Aygues Mortes, tantost pour le Port de Cette ; & comme les Ennemis paroissoient indeterminez où ils iroient descendre, ils jettoient également

ment l'allarme par tout.

Nous avions souvent vû fur nos Mers des Vaiſſeaux ennemis, qui s'eſtoient contentez de ſe montrer, & de nous ménacer, ſans oſer tenter un Débarquement ; mais on jugea d'abord, au grand nombre de Voiles qui eſtoient alors preſqu'atterrées, qu'il n'en ſeroit pas de même cette fois-là, & que les Ennemis avoient formé le deſſein de mettre des Gens à Terre.

L'on ſçut dans la ſuite, par les Priſonniers qu'on fit ſur eux, que cette Flote eſtoit commandée par le Chevalier Noris Anglois ; & qu'elle eſtoit venuë pour executer un Projet de deſcente, que le Sr. de Saiſſan de la Ville de Beziers, avoit propoſé en Pologne au Roy Auguſte, auprés duquel il s'eſtoit

retiré , lorfqu'il fortit du Royaume , pour quelque mécon-
tentement qu'il pretendoit avoir
reçu des Miniftres , du temps
qu'il eftoit Lieutenant Colonel
en France.

Ce Roy avoit envoyé Saiffan
aux Eftats de Hollande , qui
l'avoient enfuite adreffé à la
Reine d'Angleterre : Son Projet avoit efté accepté ; & il avoit
efté nommé pour commander
les Troupes du Débarquement,
parcequ'il devoit eftre fait dans
fon Païs , & à ce que l'on a
même dit , fur un endroit de
la Cofte qu'il pretendoit lui ap-
partenir.

Le Chevalier Noris avoit eu
ordre de prendre des Troupes
à Tarragone, au Port Mahon,
& en Italie, d'où les Vaiffeaux,
fur differents prétextes, avoient
efté envoyez à un Parage , où

la Flote s'eſtoit aſſemblée, & d'où elle avoit fait voile ſur nos Coſtes.

Les Troupes qu'elle portoit eſtoient compoſées du Regiment de Stannop, de celui de Goüé-ten, de ſix cent Fuſiliers, & de quinze cent Soldats de la Marine; ce qui faiſoit environ trois mille Hommes, preſque tous Anglois: outre cela, les Baſtimens de charge portoient des munitions de guerre & des armes, pour les Peuples qu'on avoit deſſein de ſoulever.

Mais, ce qu'il y avoit de plus à craindre, & qui ne fut découvert qu'un mois aprés, c'eſt que le deſſein de cette Deſcente eſtoit lié avec un plus grand Projet, concerté avec tous les Ennemis de la France, qui eſtoit de faire revolter, dans ce même temps, le Dauphiné, la Provence, le Vivarés, & les Cevenes ; ce qui leur auroit peut-eſtre réuſſi, ſi Mr. le Maréchal de Bervvick n'avoit arreſté ſur nos Frontieres les Troupes du Duc de Savoye, à meſure que Mr. le Duc de Roquelaure empêcha les Anglois de s'établir ſur nos Coſtes.

Il fut averti des premiers, de l'arrivée de la Flote ; lui & Mr. de Baſville, la virent eux mêmes de leurs feneſtres : Ils envoyerent auſſitoſt des Courriers & des Ordres de tous coſtez, pour faire approcher de la Mer, le peu de Troupes qu'il y avoit dans la Province : mais, comme s'ils euſſent prévû ce que les Ennemis avoient deſſein de faire , ils eurent une attention particuliere à ne point dégarnir les Cevenes & le Vivarés.

Dans le temps qu'ils conſul-

toient où ils devoient aller eux-
mêmes pour la deffenſe des Côtes, un Courrier du Sr. Dubois, Capitaine du Port de Cette, leur apprit ſur le midi, que
la Proüe des Vaiſſeaux ennemis
eſtoit tournée du coſté de ce
Port; & que les Vents de Sud-
Eſt, qui ſe levent à cette heure-là, dans la Saiſon où l'on
eſtoit, & qu'ils avoient ſans-
doute attendus, les y portoient
à pleines Voiles.

Quoique Mr. le Duc de Ro-
quelaure & Mr. de Baſville,
euſſent ſouvent repreſenté à la
Cour, que les Mal-intentionnez de la Province s'attendoient
à un ſecours qui leur devoit venir par Mer, & qu'il eſtoit neceſſaire de ſe précautionner contre une Deſcente; neanmoins
on s'eſtoit toûjours flaté au Conſeil du Roy, que nos Ennemis

n'entreprendroient rien fur nos Coftes, à caufe des Vents de Sud qui y regnent ordinaire-ment : ainfi, nous n'avions alors à Cette, ni Baftimens armez, ni Galeres, ni Troupes reglées ; & le peu de Gens de guerre qu'il y avoit en Languedoc, ef-toient occupez à contenir les Cevenes & le Vivarés, dont on ne pouvoit les tirer fans danger.

Tout ce que l'on avoit donc pû faire, avoit efté de mettre dans Cette des Milices du Païs ; lefquelles, n'eftant pas aguer-ries, ne pouvoient eftre d'un fort grand fecours. Par toutes ces raifons, Mr. le Duc de Ro-quelaure ne fe voyant pas en eftat de pouvoir deffendre ce Pofte, contre un fi grand nom-bre d'Ennemis, il prit le parti, s'ils s'en rendoient les maiftres, de les empêcher de penetrer

de là dans le Païs ; & de les y
tenir enfermez , juſqu'à-ce que
le ſecours qu'il envoya demander à Mr. le Duc de Noailles,
qui eſtoit alors en Rouſſillon,
fuſt arrivé : Et l'on reconnut
dans la ſuite , que cette conduite avoit ſauvé le Païs, &
fait échoüer le deſſein des Ennemis.

Il eſtoit cependant aſſez difficile de les tenir enfermez dans
ce Poſte. Le ſecours que l'on
attendoit devoit venir d'aſſez
loin ; & nous n'avions en attendant aucunes Troupes à leur
oppoſer. Mr. le Duc de Roquelaure s'aviſa de leur faire
accroire qu'il n'en manquoit
point : Et pour cet effet , il
partit promptement de Montpellier, & ſe rendit à Frontignan, accompagné de Mr. de
Baſville, des Officiers qui ſer-

voient auprés de lui, de quelque Nobleffe, & de Gens de bonne volonté. qui s'offrirent de le fuivre ; afin que les Ennemis cruffent, comme ils firent, que puifque le Commandant de la Province eftoit en perfonne fur les Lieux, il n'y eftoit pas fans eftre bien accompagné, & avec des Forces fuffifantes pour s'oppofer à leurs deffeins.

Frontignan eft une petite Ville, fituée fur le bord des Eftangs, & éloignée d'une lieuë du Port de Cetre : c'eftoit le paffage par où les Ennemis pouvoient entrer dans le Païs, par une Digue, appellée *La Peirade*, qui joint la Plage à la Terre ferme : Il munit ce Pofte important de tout ce qui eftoit neceffaire pour le bien deffendre ; & exhorta les Habitans de ce Lieu à faire leur devoir, si l'on venoit jufqu'à eux.

Sur les fix heures du foir du même jour, le bruit du canon lui apprit, que les Ennemis en vouloient effectivement au Port de Cette; & l'on fçut le lendemain au matin, que dans la nuit ils avoient mis à Terre environ deux mille Hommes, derriere la Montagne de St. Clair, en un Lieu appellé *Le Vieux-Mole*, où autrefois le Duc de Montmorancy, Gouverneur de Languedoc, avoit eu deffein de faire un Port.

Il n'avoit pas efté poffible d'empêcher ce Débarquement: Le Sr. de la Vergne, Lieutenant de Galeres, & Capitaine General de la Garde-Cofte, qui commandoit dans Cette, n'avoit, pour tous Soldats, que les Habitans du Lieu, & le

Regiment des Milices du Païs, qui, effrayez de la vûë de tant de Vaiſſeaux, & du feu de leur artillerie, refuſerent d'obéir à ſes ordres, & ne voulurent jamais, dans la nuit, ſe porter ſur les Lieux, où ils auroient pû s'oppoſer à la Deſcente.

Ainſi, le 25. à la pointe du jour, les Ennemis, ſans trouver aucune reſiſtance, s'emparerent de la petite Ville de Cette, qui eſtoit ſans murs, & ouverte de tous coſtez. Le Sr. de la Vergne tint pourtant quelque temps dans l'Egliſe, avec un petit nombre de Soldats de Milice & d'Habitans ; mais, aprés quelques coups tirez, ceux qui eſtoient avec lui ayant refuſé de combattre, il fut forcé d'accepter la Capitulation qu'on lui offrit, qui fut de ſortir avec ſes Gens & leurs armes, & de ſe retirer où ils voudroient aller.

Le petit Fort, qui eſt au bout du nouveau Mole, & où il n'y avoit que dix ou douze méchants canons de fer aſſez mal ſervis, reſiſta encore quelques heures : Mais, les Habitans du Lieu, qui le deffendoient, voyant leur Ville priſe, & craignant pour leurs Familles, ne voulurent point écouter les ordres du Sr. Dubois qui les commandoit ; & jetterent même dans la Mer les méches allumées, afin qu'il ceſſaſt de faire tirer : ainſi, il fut obligé de capituler auſſi ; & les Ennemis furent alors entiérement les maîtres, & de la Ville & du Port.

Le même jour, le Sr. de Saiſſan marcha droit à Agde, petite Ville ſans deffenſes, ſituée ſur les bords de la Mer, à l'embouchure de la riviere d'Heraut, & à quatre lieuës au Couchant de celle de Cette : Il n'avoit pris avec lui qu'environ fept ou huit cens Hommes ; mais, comme l'épouvente eftoit fur la Cofte, & que la frayeur & la renommée groffiffent ordinairement les objets, on affura les Habitans qu'il venoit à eux avec plus de trois mille.

D'abord, ainfi qu'il arrive dans le tumulte, ils fe partagerent en differents fentimens. Quelques-uns étoient d'avis d'aller au devant des Ennemis pour les combattre, & firent pour cela quelque mouvement, ayant à leur tefte le Sr. Guilleminet, ci-devant Capitaine dans le Regiment d'Orleans, & alors Commandant de cette Cofte, en qualité de Capitaine General.

Le plus grand nombre, confidérant qu'ils n'avoient , ni Troupes reglées, ni munitions, ni artillerie ; & craignant pour des Barques chargées de Marchandifes, dont la Riviere eftoit couverte , & pour leurs Gerbiers qui eftoient encore aux Aires , furent d'avis de s'enfermer dans la Ville, & d'y attendre les Ennemis.

Ce fentiment fut fuivi ; & le Sr. Margon, Brigadier des Armées du Roy, & Commandant General de la Cofte, à qui l'exemple de Cette venoit d'apprendre qu'on ne devoit pas compter fur des Milices, laiffa les Habitans dans la liberté de faire ce qui leur conviendroit le mieux, & alla au-devant des Troupes que Mr. le Duc de Roquelaure lui avoit deftinées.

Ils n'eurent pas pluftoft fermé les Portes de la Ville, qu'un

Tambour des Ennemis vint les fommer de fe rendre : ils refuferent de le faire, & fe difposerent à fe deffendre : Ce même Tambour revint un moment aprés ; demanda qu'un des Confuls vint parler à leur Commandant ; & pour Oftage du Conful, offrit un Capitaine du Regiment de Stannop : On fit entrer l'Oftage, & le Conful alla trouver le Sr. de Saiffan : il lui propofa de nouveau de faire rendre la Ville ; il lui répondit, qu'on avoit refolu de la deffendre. Alors le Sr. de Saiffan changea de langage ; & demanda qu'on lui donnaft des vivres en payant, & le paffage du Pont de la Riviere libre : moyenant quoi, il promettoit de n'entrer point dans la Ville, & de ne faire aucun dégaft aux dehors.

Il fit un Ecrit, qui contenoit ces demandes & ces conditions: il le figna de fa main,
& le donna au Conful pour le
faire agréer au Confeil de Ville. Cet Ecrit ne fut figné par
aucun des Habitans ; mais on
crut le devoir approuver : Et
pendant le peu de féjour que
les Ennemis firent aux environs
d'Agde , ils tinrent fi exactement ce qu'ils avoient promis,
que lors même que leurs Soldats entroient dans la Ville pour
acheter des vivres , ils n'y venoient qu'en petit nombre , &
on les defarmoit aux Portes.

L'on fçut depuis , que le Sr.
de Saiffan avoit demandé le paffage libre de ce Pont , non pour
faire paffer des Gens dans les
Cevenes , car ce n'eftoit point
par là qu'on y pouvoit aller ,
mais par un motif de vanité ,
qui

qui eſtoit de s'aller montrer,
avec ſes Troupes, à la Ville
de ſa naiſſance. En effet, il ſe
croyoit déja ſi bien établi ſur
nos Coſtes, que par une Lettre qu'il écrivit alors à un de
ſes Amis de Beziers, on voit
qu'il commençoit à ſe donner
des airs de Conquerant; careſ-
ſant tout le monde; promettant l'honneur de ſa protection
à ſes Compatriotes; faiſant des
honneſtetez aux Dames, &
méditant de leur donner des
feſtes galantes, pour les regaler, & ſe concilier la bien-
veillance de ceux qu'il venoit
de ſoumettre. Voici ce qu'il
écrivoit à cet Ami.

A Agde le 26. Juillet 1710.
Ma deſtinée, Monſieur, m'ayant
renvoyé en Languedoc dans une
ſituation qui donne de l'effroi à
tout le monde, je vous prie de

O

rasurer les Habitans de Beziers ;
afin que si j'estois obligé d'aller
de ce costé-là, ils soient persuadez,
par avance, qu'ils n'ont aucun
dommage à craindre des Troupes
que je commande, & de la disci-
pline desquelles je suis sans-cesse
occupé. Les Peuples de cette ai-
mable Province, & sur tout mes
Compatriotes, n'ayant aucune part
à l'injustice des Ministres à mon
égard, je serois injuste moy-même,
si j'avois quelque volonté de leur
nuire : Les Habitans de Cette,
& ceux de cette Ville, n'ont rien
souffert, j'espere qu'il en sera de
même de ceux de Beziers. Les
Dames d'Agde, qu'on m'a dit y
estre allées, peuvent revenir chez
elles, en toute sureté, avec leurs
effets : Vous pouvés les assurer,
qu'elles y seront beaucoup respec-
tées, par un grand nombre d'Officiers polis, & fort bien faits.

Mes voyages, & mes travaux, ne m'ont point oſté l'idée de celles de Beziers : je ſuis, je vous le jure, autant leur Serviteur, & de tous les honneſtes Gens qu'il y a dans cette Ville, que je l'aye jamais eſté ; pour les en convaincre, je leur épargnerai, ſi je puis, l'horreur de me voir. J'eſtois aſſurément né pour la vertu ; les Miniſtres injuſtes m'ont entrainé dans le crime, avec une violence à laquelle je n'ai pû reſiſter. Au reſte, on veut me regaler ici d'une Jouſte le 3. du mois prochain ; les Dames de Beziers y peuvent venir : ſi ma preſence leur fait de la peine, je me priverai de ce plaiſir-là, & ne ſerai point de cette feſte. Je ſuis, &c.

Pendant le peu de ſéjour que les Ennemis firent dans Cette, & aux environs d'Agde, on connut, par leur maniere d'a-

gir , & aux diſcours qu'ils tenoient, que leur principal deſſein eſtoit d'attirer les Peuples
à leur parti , par les voyes de
la douceur, pluſtoſt que par la
force : ils obſervoient une exacte diſcipline ; ils ne faiſoient
aucun tort aux Habitans ; ils
payoient tout ce qu'ils prénoient
pour leurs beſoins ; ils châtioient
ſeverement les Soldats qui commettoient les moindres violen-
ces ; ils ne parloient que d'e-
xemptions de toutes ſortes de
Charges, & de l'avantage qu'il
y avoit d'eſtre ſous l'Empire de
la Reine Anne.

Ils avoient crû que les Sujets du Roy les plus fidéles, tou-
chez de cette conduite, ébran-
lez par ces offres, & charmez
des grandes qualitez d'une Prin-
ceſſe qui a porté la gloire des
Anglois encore plus loin que

leur Elizabet, ſe rangeroient de leur coſté : mais ils furent bien étonnez, de voir que tout le monde demeura ferme dans le devoir ; & que pluſieurs même de ceux qui, tandis qu'ils eſtoient encore loin, avoient peut-eſtre ſouhaité leur venuë, les regardoient alors de prés avec horreur : tant il eſt vrai qu'en France, la fidélité pour le Prince, & l'amour de la Patrie, ſe reveillent au beſoin, dans le cœur des plus mécontens.

Tandis que les Ennemis faiſoient ces vaines tentatives, pour débaucher les Peuples, les Troupes que Mr. le Duc de Roquelaure attendoit, pour les aller combattre, eſtoient en marche : il avoit quitté Frontignan ſous le Commandement de Mr. de Geiſen, Lieutenant Colonel, qui ſervoit prés de lui en Languedoc, auquel il avoit laiſ-ſé dequoi le deffendre ; & ac-compagné de Mr. de Baſville, il eſtoit allé ſe poſter à Meze, Village ſitué ſur les bords de l'Eſtang de Thau, pour eſtre à portée, ſuivant le deſſein qu'il avoit fait, d'empêcher de là les Ennemis de jetter des Gens à Terre avec leurs Chaloupes.

Il n'avoit encore pû eſtre joint que par trois Compagnies de Cavalerie, quelques Mique-lets, & des Milices en petit nombre. Avec ce peu de Trou-pes, par la bonne contenance qu'il leur fit faire, & en les tenant continuellement en ac-tion, il empêcha toutes les Deſcentes qu'ils tenterent de faire, au Lieu où il eſtoit, à Marſillan, à Bouzigues, à Ba-laruc, & aux autres Villages qui font fur les bords de cet Eſtang.

Leurs Chaloupes y voguoient fans ceſſe de tous coſtez , ſondant par tout la profondeur des Eaux , pour reconnoiſtre les paſſages, & tâcher d'entrer dans le Païs. On détachoit ſur eux, à tous momens, des Barques armées , qui les alloient reconnoiſtre & obſerver de fort prés ; & il y en eut même deux qui les pourſuivirent une fois juſques dans le Canal de Cette.

Voyant qu'ils ne pouvoient rien faire de ces coſtez-là , ils allerent taſter le paſſage de la Peirade , avec un Détachement de trois cens Hommes ; mais, Mr. le Duc de Roquelaure y y avoit donné de ſi bons ordres, & ſi bien muni ce Poſ-te , qu'ils n'oſerent entrepren-

O iv

dre de le forcer.

Cependant, la prévoyance qu'il avoit eu d'envoyer un Courrier à Mr. le Duc de No-ailles pour lui demander du secours, fut le salut de la Cô-te : Ce Duc estoit alors au Camp du Boulou, où il se dis-posoit à entrer dans le Lam-pourda ; mais, considérant de quelle conséquence il étoit d'em-pêcher les Ennemis de s'esta-blir sur les Costes de Langue-doc, & d'entrer de là dans un Païs où les feux de la revolte fumoient encore, & pouvoient aisément se rallumer, il prit le parti d'aller lui même en per-sonne au secours de la Pro-vince.

Il fit d'abord un Détache-ment de sa petite Armée, de mille Grenadiers ou Soldats choi-sis, de neuf cent Cavaliers ou

Dragons, avec douze pieces de canon, dont quelques-uns estoient de vingt-quatre : ordonna à ces Troupes de marcher de jour & de nuit, pendant quatre heures, & de se reposser autant de temps successivement, jusqu'à Beziers, où elles recevroient ses ordres ; & renvoya, sur le champ, ce même Courrier, pour en donner avis à Mr. le Duc de Roquelaure.

Ce secours ayant marché, il partit aussitost lui-même en poste, & le dévança ; ordonnant sur son passage, que les vivres & les rafraîchissemens, fussent prests pour les Troupes qui le suivoient, & qu'on fist bonne garde sur toutes les Costes du Roussillon.

Il estoit parti du Camp du Boulou, qui est à six grandes lieuës au-delà de Perpignan, le

O v

25. du mois, à dix heures du soir: il arriva à Meze le 26. sur le midi, trois heures aprés le Courrier qui avoit annoncé sa venuë; & dés qu'il fut arrivé, on tint Conseil pour aller attaquer les Ennemis à Agde, lorsque les Troupes qui approchoient seroient arrivées.

Le lendemain, afin de pouvoir executer, sans perdre tems, ce qui avoit esté resolu, Mr. le Duc de Roquelaure & Mr. le Duc de Noailles, partirent de Meze, deux heures avant le jour, pour reconnoistre les lieux par où ils pourroient passer pour aller aux Ennemis; mais, comme ils ne pouvoient faire cette découverte sans s'en approcher, ils prirent avec eux tout ce qui s'y trouva de Cavalerie, & n'y laisserent que ce qui ne fut pas en estat de les suivre.

Il irriva , par hazard , que cette même nuit les Ennemis avoient fait deffein de venir furprendre Meze à la pointe du jour ; enforte que dans le même temps que nos Troupes s'en éloignoient , & laiffoient ce Lieu prefque fans deffenfe , ils s'en approcherent avec toutes leurs Chaloupes , aprés avoir fait femblant , pour nous furprendre , de vouloir aller d'abord du cofté de Balaruc.

Mr. de Bafville eftoit demeuré dans Meze , & travailloit alors tranquilement dans fa chambre, lorfque tout d'un coup, on vint lui dire, que les Ennemis paroiffoient fur l'Eftang : que tout le Lieu eftoit en allarme ; & que s'il n'y donnoit ordre promptement, ils alloient mettre leurs Gens à Terre.

Il fortit auffitoft ; vit les Ha-

O v j

bitans effrayez , fuyant avec
leurs Familles , fans qu'on les
puft raffurer : Il courut au Port ;
fit vite ramaffer une cinquantaine de Cavaliers , qui n'a-
voient pû fuivre les autres , les
pofta fur les bords de l'Eftang,
le fabre à la main ; y fit ranger
auffi ce qu'il trouva de Milices , & leur fit prefenter leurs
armes : ayant même pris garde
que les Ennemis en s'avançant
perdoient de vûë noftre Cavalerie , à caufe du terrain qui la
couvroit , il la fit promptement
paffer d'un autre cofté , afin
qu'ils la priffent pour une autre Troupe ; & tandis qu'on
faifoit ces mouvemens fur le rivage , les Tambours & les Trom-
pettes faifoient , par fon ordre ,
un bruit de guerre qui réten-
tiffoit de toutes parts.

Enfin , dans la furprife où il

se trouva, & dans l'effroi general de tout le Lieu, il tira si bien parti du peu de Gens qu'on lui avoit laissé, & leur fit témoigner tant d'assurance, que les Ennemis, qui venoient fondre sur Meze, n'osérent s'en approcher; & l'on sçut depuis d'eux mêmes, que ces mouvemens, faits à propos, les avoient tenus en crainte, & empêché d'aborder.

Aussi, lorsque l'Officier qui alla porter au Roy la nouvelle de la délivrance du Port de Cette, lui eut raconté ce que Mr. de Basville avoit fait dans cette occasion, Sa Majesté, qui parle toûjours obligeament, ne put s'empêcher de dire, que *sans estre Homme de guerre, quand on a de la teste, & de la fermeté, on est capable de tout.*

Cependant, la nouvelle de

l'arrivée de Mr. le Duc de Noailles, & du secours qui le sui-
voit, se répandit aussitost par
tout, & alla jusqu'aux Ennemis : ils abandonnerent les environs d'Agde, où ils avoient
commencé à faire des retran-
chemens à la teste du Pont,
& se retirerent à Cette avec
précipitation pour y joindre toutes leurs forces.

Sur l'avis de leur retraite,
Mr. le Duc de Noailles alla
en poste à Beziers le 26. pour
haster la marche des Troupes,
qui n'estoient pas loin : donna
ordre que tout fust prest pour
les embarquer sur le Canal au
moment qu'elles arriveroient,
afin qu'elles pussent estre transf.
portées à Agde en diligence,
& sans estre fatiguées.

Ces ordres furent si bien donnez, & si ponctuellement exe-

cutez, que les Barques, les vivres, & toutes les autres chofes neceffaires, fe trouverent
preftes le 27. à point nommé,
lorfque les Troupes arriverent
avec l'artillerïe, à l'heure même qu'on les attendoit.

Le 28. elles furent portées à
Agde, où Mr. le Duc de Roquelaure, qui s'y eftoit déja
rendu avec Mr. de Bafville,
trouva à propos de les laiffer
rafraîchir cinq ou fix heures,
pour aller enfuite combattre les
Ennemis à Cette, & ne leur
point donner le temps de s'y
fortifier. Le 29. à quatre heures du matin, il fe mit en marche, aprés avoir fait prendre
les devants à un Détachement
de quatre-vingt Dragons, commandez par le Sr. de Pierrelevée, qui confentit que le Sr.
Marcha, ci-devant Capitaine

dans Louvigny, l'accompagnât, à cauſe qu'il eſtoit du Païs, & connoiſſoit les Lieux.

L'Infanterie eſtoit commandée, par Mrs. de Chatillon & d'Eſtaires, Maréchaux de Camp; Mrs. Planque, Dauſeville & Sandricourt, Brigadiers : La Cavalerie, par Mrs. le Comte de Fimarcon, & le Marquis de Cailus, Maréchaux de Camp. Le Comte & le Marquis de Noailles, qui avoient ſuivi leur Frere ; tous les Officiers, Gentilshommes & Volontaires, qui eſtoient ſortis de Montpellier, accompagnoient, les uns Mr. le Duc de Roquelaure, les autres Mr. le Duc de Noailles.

Il y a quatre lieuës, comme nous avons dit, d'Agde à Cette : On y va par une Plage ſablonneuſe, qui ſepare la Mer de l'Eſtang de Thau, & qui a environ demi quart de lieuë de largeur. L'Armée prit d'abord ſa marche le long du rivage de la Mer, qui eſt le meilleur & le plus court chemin : mais, quand elle approcha de Cette, Mr. le Duc de Roquelaure lui fit prendre une autre route, qui eſt ſur le bord de l'Eſtang ; parcequ'elle y eſtoit plus à couvert des coups de canon, que la Flote ennemie, qui eſtoit rangée prés de Terre, tiroit ſans-ceſſe.

L'on s'attendoit à une vigoureuſe reſiſtance ; les Enne.. mis avoient ramaſſé tout leur Monde à Cette : Il en eſtoit bien venu quelques avis, qu'ils commençoient à s'y rembarquer ; mais, ce pouvoit eſtre une feinte, pour nous ſurpren-, dre : d'ailleurs, l'artillerie de leurs Vaisseaux, qui faisoit feu continuellement , donnoit lieu de croire qu'ils avoient resolu de nous attendre , & l'Armée s'avançoit avec précaution.

Ce qui fit encore mieux croire que les Ennemis avoient dessein de combattre , c'est que dés que le Détachement des quatre-vingt Dragons fut arrivé auprés de la Montagne de Cette , le Sr. de Pierrelevée découvrit deux de leurs Troupes d'environ cent cinquante Hommes chacune : l'une à sa droite , du costé de la Mer ; l'autre à sa gauche , du costé de l'Estang : Il marcha d'abord à celle-ci, parcequ'elle s'ébranloit pour aller joindre l'autre : mais, s'estant jettée derriere des murailles de Vignes où il ne put la charger, il y laissa quarante Dragons pour l'observer;

& avec les autres, il alla attaquer la Troupe de la droite, fur l'avis que lui donna le Sr. Marcha , que celle-là battuë l'autre ne pourroit lui échaper.

Mr. le Duc de Roquelaure, qui eftoit déja affez prés pour voir ces mouvemens des Dragons , commanda à un Gros de Cavalerie de s'avancer au galop pour les foûtenir ; mais les Dragons ne donnerent pas le temps à cette Cavalerie de les joindre , ils fondirent fur les Ennemis malgré le canon de deux Fregates qui tiroient fur eux à demie portée, & les attaquerent fi brufquement , aprés avoir effuyé leur feu, qu'ils les culbuterent dans la Mer parmi des Rochers , où plufieurs furent tuez , une partie noyez, & le refte, au nombre de foixante-dix, fait prifonnier, avec

les deux Officiers qui les commandoient: l'un, Capitaine Anglois, du Regiment de Stannop, nommé *Kinc*; l'autre, ſon
Lieutenant, appellé *Meadé*.

· Il y eut ceci d'aſſez remarquable dans cette action , que
ce Capitaine, aprés avoir manqué le Sr. de Pierrelevée d'un
coup de piſtolet, qu'il lui tira
de fort prés , ne voulut jamais
accepter le bon quartier qu'on
lui offrit, & qu'on le lui donna malgré lui.

Aprés que le Sr. de Pierrelevée, avec quarante Dragons
ſeulement , eut défait cette Troupe , il voulut aller attaquer l'autre ; mais il trouva qu'elle avoit
fui du coſté de Cette, où , tandis qu'on la pourſuivoit , Mr.
le Duc de Roquelaure, & Mr.
le Duc de Noailles , qui s'eſtoient avancez , gagnerent le

haut de la Montagne.

Ils avoient refolu d'attendre là, l'Infanterie & le canon, qui eftoient encore affez loin ; mais ils jugèrent à propos de ne point laiffer ralentir l'ardeur des Troupes, & de profiter de la confternation où eftoient les Ennemis.

De la cime de cette Montagne on découvre au pied, la Ville de Cette, le Port, le Mole, & l'on voit à découvert tout ce qui s'y paffe : De là, Mr. le Duc de Roquelaure voyoit les Ennemis fe précipitant de haut en bas devant les Dragons, qui les pourfuivoient l'épée dans les reins ; & il voyoit auffi, les Chaloupes, qui alloient & revenoient fans-ceffe, chargées de ceux qui fe rembarquoient à la hafte.

Cependant, comme il en-

tendoit de là, les coups de fufils qu'on tiroit dans Cette :
qu'il voyoit une Fregate à l'entrée du Port qui faifoit grand
feu ; & que les autres Vaiffeaux,
& l'artillerie du Fort, dont ils
eftoient les maiftres, en faifoient
de même, il craignit que les
Dragons ne trouvaffent de la
refiftance : & il fit deffein de
s'avancer jufqu'à l'Eglife, qui
eft fituée fur une petite hauteur au milieu de la Ville ; afin
de leur donner du fecours, s'il
eftoit neceffaire, & de les ani-
mer par fa prefence.

Il marcha donc à cette Eglife avec Mr. le Duc de Noailles ;
& pendant un quart d'heure
de chemin qu'ils firent pour
s'y rendre, à caufe des détours
qu'il leur fallut faire, ils furent
expofez au feu des canons des
Vaiffeaux & du Fort, qui les

voyoient depuis les pieds jufqu'à la tefte. Mr. de Bafville,
qui vouloit eftre prefent à tout,
s'y rendit bientoft aprés eux,
par le même chemin.

Les Ennemis furent alors entierement chaffez de la Ville ;
enforte qu'il n'en reftoit plus
un feul à Terre : cependant,
la Fregate qui eftoit à l'entrée
du Port, les Vaiffeaux les plus
avancez ; & le Fort, qu'ils oc-
cupoient encore, tiroient fans-
ceffe fur nos Troupes, fur l'E-
glife & fur les Maifons.

L'Infanterie & les canons arriverent en ce temps-là ; & d'a-
bord Mr. le Duc de Roque-
laure en fit faire trois bateries,
qu'il fit même changer de place deux ou trois fois, pour faire accroire aux Ennemis qu'il
avoit beaucoup d'artillerie :
L'on fçut aprés l'action, que

l'Amiral Noris, surpris qu'un Lieu qu'il venoit de laisser sans canons, en eust esté sitost & si bien pourvû, fit retirer la Fregate qui estoit à l'entrée du Port, couper les Cables, laissa trois Ancres, & se mit au large avec tous les autres Vaisseaux.

Il estoit environ trois heures aprés midi, & il ne restoit à reprendre que le Fort; les Ennemis y estoient, mais on ne sçavoit en quel nombre : on avoit seulement vû, que leurs Vaisseaux s'étoient éloignez avec tant de précipitation, qu'ils n'avoient pû embarquer ceux qu'on y avoit mis.

Le Sr. Dauzé, Capitaine des Grenadiers d'Artois, demanda d'estre commandé pour les aller sommer de se rendre, ou pour les y forcer : mais, Mr. le le Duc de Roquelaure ne le trouva pas à propos, jugeant bien qu'ils n'y tiendroient pas long-temps ; & ayant refolu, s'ils ne fe rendoient, de les faire attaquer à l'entrée de la nuit.

Le Sr. Marcha s'offrit alors d'aller feul au Fort, pour fça_voir ce qu'ils avoient deflein de faire : fon offre fut accep-tée ; mais on lui donna quin_ze Grenadiers & deux Sergens pour l'accompagner : il y mar-cha, avec fa petite Troupe, par la Banquette qui eft au pied du Mole ; & avant ran-ge ces Soldats en fureté au pied du mur, il demanda à parler à celui qui y comman-doit : Un Officier fe prefenta à une embrafure ; il le fom_ma de fe rendre : cet Offi-cier lui répondit, qu'il eftoit

P

prest à le faire, pourveu qu'on lui fist bon quartier.

L'on apperçut de la Ville, que le Fort parlementoit; & le même Sr. Dauzé fut détaché pour y aller avec cinquante Grenadiers, soustenus par un plus gros Corps de Troupes, commandé par Mr. Planque : Ce Capitaine arriva au Fort, dans le temps que les Ennemis commençoient à ébranler le Pont-levis; mais, voyant qu'ils differoient à l'abbatre, & ayant oüi que leurs Tambours battoient pour demander du secours à la Flote, qui n'estoit pas encore fort éloignée, il fit monter huit ou dix Grenadiers par une embrasure, monta lui-même aprés eux, & fut suivi du reste de sa Troupe, sans que les Ennemis s'y opposassent.

Ils se voyoient abandonnez, & ne differoient de se rendre, que parcequ'ils esperoient toûjours qu'on leur envoyeroit des Chaloupes ; mais enfin, effrayez de voir une Troupe entrée, & preste à fondre sur eux la bayonete au bout du fusil, ils ne firent aucune resistance, & se rendirent Prisonniers de guerre, au nombre de quatre-vingt Soldats du Regiment de Stannop, avec leur Capitaine, appellé *Spencer*, & un Officier Ingenieur, nommé *Watkins*, qui lui servoit de Lieutenant.

Mr. le Duc de Roquelaute, aprés avoir demeuré le reste du jour à Cette pour y donner les ordres necessaires, voyant qu'il n'y avoit plus rien à faire, alla à Frontignan, où il avoit aussi quelques ordres à donner , & s'en retourna le lendemain à Montpellier avec Mr. de Basville.

Le même jour, Mr. le Duc de Noailles s'y rendit aussi , parcequ'il ne crut pas se devoir éloigner , ni ramener ses Troupes , que la Flote ennemie n'eust entierement disparu , & abandonné nos Costes : ce qu'elle fit le lendemain ; ensorte qu'on ne la revit plus.

Ce fut ainsi que cette expédition, qui fit tant de bruit, commença , & finit en six jours, par le bon ordre , la conduite , & l'activité de Mr. le Duc de Roquelaure , qui, avec des Troupes qui estoient au pied des Pirennées lorsque les Ennemis s'emparoient de Cette , les en chassa trois jours aprés.

Enfin , ce fut ainſi qu'é-
choüa le deſſein que nos Ennemis méditoient depuis ſi long-
temps , & que cet heureux
ſuccés fit échoüer auſſi , le
grand Projet de ſoulevement
du Dauphiné , de la Provence , du Vivarés & des Cevenes , qui devoit ſuivre la priſe du Port de Cette.

Pour faire voir que le deſſein de nos Ennemis eſtoit de
faire ſoulever le Païs, je dois
dire ici , que le lendemain de
cette expédition , Mr. de Baſville donnant à dîner à un des
Capitaines qu'on avoit pris ,
& lui ayant demandé , à quoi
ils penſoient d'avoir crû ſe pouvoir rendre les maiſtres du Languedoc avec deux mille Hommes ?. cet Officier lui répondit , que le Sr. de Saiſſan les
avoit aſſurez , qu'ils n'auroient

pas pluftoft débarqué que tout le Païs fe déclareroit pour eux.

Ce fut un bonheur, que les Ennemis fiffent fi peu de refiftance : on peut même dire, que ce fut une efpece de miracle, de ce que de plus de mille coups de canon, qui furent tirez ce jour-là, il n'y euft pas un feul Homme de tué ; mais, ce qu'il y eut en cela de plus important, c'eft que cet évenement defabufa tout-à-fait les Religionaires de la Province, de ces fecours maritimes dont les Ennemis de la France les entretenoient depuis long-temps.

Quelques mois aprés cette heureufe expédition, Mr. de Bafville, qui avoit toûjours des Efpions dans les Païs voifins de fon Département, fut averti qu'on tramoit depuis long-temps quelque chose contre le service du Roy dans le Dauphiné : Il en donna aussitost avis à Mr. Dangervilliers, Intendant de cette Province : mais, comme il en estoit alors absent, estant occupé auprés de Mr. le Duc de Bervvick, qui commandoit nostre Armée au Camp du Pont de Servieres, il écrivit au Sr. Dubeuf, son Subdelegué, de veiller à cette affaire ; d'informer Mr. de Basville de ce qu'il pourroit découvrir, & de suivre exactement toutes les instructions qu'il lui donneroit.

Il ne manqua point de le faire ; & l'on découvrit, par un des Conjurez même, appellé *Deglise*, qui revela tout de son pur mouvement, *qu'il y avoit cinq ou six mois qu'on se preparoit dans le Dauphiné à* un grand soulevement : que le Duc de Savoye & les Hollandois y avoient envoyé beaucoup d'argent : que Riffier, Freau, Dejeans, Chapon, Boizecalade, & quelques autres Religionaires de la Ville de Die & des environs, conduisoient cette entreprise : qu'ils avoient déja engagé secretement dans leur Parti, trois ou quatre mille Hommes ; expedié des Commissions pour lever des Compagnies, acheté des armes & des munitions ; & que le Duc de Savoye devoit envoyer un Corps de Troupes, commandé par le Comte de la Barre, au Col de Cabres, où les Revoltez devoient l'aller joindre.

Mais, comme le dessein de ce soulevement estoit lié, ainsi que nous l'avons dit, avec celui de la Descente des En-

nemis au Port de Cette, lorfque ceux qui devoient prendre les armes en Dauphiné
eurent appris, que Mr. le Duc
de Roquelaure avoit battu &
chaffé de nos Coftes les Troupes du Débarquement, & que
Mr. le Duc de Bervvick avoit
empêché celles du Duc de Savoye de penetrer en France,
ce grand Projet de revolte
tomba de lui-même : ceux qui
eftoient prefts à fe foulever fe
tinrent cachez ; leurs Chefs
prirent la fuite , & la Province demeura tranquile.

Il y avoit alors plus de vingt
ans que Mr. de Bafville travailloit à deffendre le Languedoc des ravages du Fanatifme : Il avoit affoupi deux re-
voltes dans le Vivarés ; calmé les grandes agitations des
Cevenes ; découvert la der-

niere conjuration de Ravanel; vû disparoître la Flote des Ennemis, & échoüer le Projet de soulevement du Dauphiné: mais Abraham & Claris restoient encore; & il ne pouvoit s'assurer, que le calme dont la Province joüissoit, fust de durée, tandis que ces deux Scelerats seroient dans le Païs.

Il fut même averti, en ce temps-là, qu'Abraham, gueri de ses blessures, estoit allé joindre Claris dans les Cevenes : qu'ils y estoient ensemble depuis trois ou quatre mois, & y avoient renoüé secretement commerce avec le Correspondant des Hollandois, par l'entremise d'un certain *St. Julien* du Vivarés, qui estoit un Acteur nouveau ; lequel, n'estant pas encore connu, alloit & venoit sans crainte, &

leur portoit l'argent que nos Ennemis leur faisoient tenir pour renouveller les desordres.

C'estoient les seuls Chefs des Fanatiques qui lui avoient échapé : il ne discontinuoit point de les faire chercher ; mais ils trouvoient tant de Gens qui leur aidoient à se tenir cachez, qu'il n'en apprennoit aucunes nouvelles : Enfin , un de ses Espions , qui faisoit semblant d'estre de leur Parti, & dont ils ne se défioient point, découvrit qu'ils avoient un rendés-vous à une Metairie, prés d'Usés ; dans laquelle un Marchand de cette Ville , appellé *Coste* , devoit leur apporter l'argent que St. Julien lui avoit remis.

Cet Espion en avertit aussitost Mr. de la Lande , qui les fit observer secretement ,

& envoya une Compagnie de Miquelets, qui inveftirent de tous coftez cette Maifon, dans le temps qu'ils y eftoient. Abraham & Cofte furent tuez fe fauvant fur le toit : Claris fut bleffé & pris en vie, fautant par une feneftre un piftolet à la main. On leur trouva quatre cens écus, qu'ils venoient de recevoir ; & l'on apprit, par les Papiers qu'ils avoient fur eux, qu'on leur faifoit efperer des fommes plus confidérables.

On fit fur les Lieux le Procés aux Cadavres, & à la memoire de ceux qui avoient efté tuez ; & le malheureux Claris fut conduit dans la Citadelle de Montpellier, où, trois jours aprés, Mr. de Bafville y affembla le Préfidial de cette Ville, qui le condamna à la roüe, fur laquelle il expira en Scelerat comme il avoit vêcu.

Pour voir le dernier des Fanatiques puni, il ne manquoit qu'à faire arrefter St. Julien; il ne paroiſſoit que rarement en Languedoc, & faiſoit ſon ſéjour à Geneve : ayant même appris la deſtinée de ceux dont il vouloit ſe ſervir pour remettre le feu dans les Cevenes, il ſe tenoit ſur ſes gardes, & méditoit de s'aller cacher dans les Païs étrangers; mais, Mr. de Baſville avoit mis tant de Gens aprés lui, qu'enfin un de ceux-là, ayant ſçu qu'il s'eſtoit embarqué ſur le Lac pour aller en Suiſſe, il en avertit un Lieutenant d'Infanterie, nommé *d'Arquier*, dont la Compagnie eſtoit en garniſon dans un Lieu du voisinage : Ce Lieutenant prit si bien ses mesures, qu'avec un Bateau, & quelques Soldats, il alla joindre la Barque où il estoit, l'en fit sortir par force, & l'arresta prisonnier en un endroit où il n'interessoit, ni les Cantons Suisses, ni la Republique de Geneve; & le fit conduire à Montpellier, où Mr. de Basville eut la satisfaction de juger, & de condamner à la mort, le dernier de ceux qui avoient voulu recommencer les troubles.

Depuis ce temps-là jusqu'à present, la Province a joüi d'une parfaite tranquilité; il y a même lieu d'esperer que la Paix, qui vient d'estre publiée avec presque toutes les Puissances de l'Europe, l'affermira à l'avenir.

Les plus sensez des Religio-

naires ont fait reflexion, que
puiſque le Fanatiſme a eſté con-
fondu, il n'eſtoit pas l'ouvrage de Dieu, mais celui des
Hommes : ceux d'entr'eux qui
ne font point prévenus d'un
zéle aveugle, ont compris que
leur opiniaſtreté à vouloir convoquer des Aſſemblées malgré
les Ordres du Roy, a atti_
ré ſur eux tous les maux qu'ils
ont ſoufferts ; enfin, les plus
ſages ont reconnu, que les
conſeils pernicieux des Ennemis de la France, qui les ſol-
licitoient à la deſobéiſſance,
ont eſté la cauſe de la déſo-
lation de leur Patrie.

Ce n'eſt pas qu'il n'y ait
encore dans les Cevenes, ou
que la Paix n'y puiſſe faire
revenir, des Broüillons, qui
auront de la peine à ſe ranger au ſentiment des Gens rai-

ſonnables , & tâcheront de
temps en temps de les détour-
ner de leur devoir ; mais il
eſt certain qu'en general tout
le Parti des Religionaires a
donné tant de marques de vouloir vivre en repos , & demeurer fidéles au ſervice du
Roy , comme les Loix de leur
Religion & les engagemens de
leur naiſſance les y obligent ,
que Mr. le Duc de Roque-
laure & Mr. de Baſville vié-
nent de retirer des Cevenes
la plus grande partie des Troupes qu'ils y avoient miſes pour
les contenir , afin de faire connoiſtre à ces Peuples , que ce
n'eſtoit qu'à regret qu'on avoit
eſté forcé de les traiter avec
rigueur.

Il eſt vrai qu'en leur ac-
cordant cette grace , ils leur
ont proteſté que ſi à l'avenir

ils ne répondoient par leur conduite, à la confiance que l'on
vouloit bien avoir en eux, de
les laiſſer ſur leur bonne foy,
ils ſeroient châtiez avec la derniere ſeverité, & attireroient
de nouveau dans leur Païs tous
les maux dont ils avoient eſté
délivrez.

F I N.

guigon de ſardiere

APPROBATION.

J'AI lû par l'ordre de Monseigneur le Chancelier, la *Suite de l'Histoire du Fanatisme de nostre temps*, &c. où je n'ai rien trouvé qui ne merite l'impression. Fait à Paris ce douziéme Novembre 1709. Signé, RAGNET.

PRIVILEGE.

LOUIS par la grace de Dieu Roy de France & de Navarre : A nos amez & feaux Conseillers les Gens tenant nos Cours de Parlement, Maîtres des Requestes ordinaires de nostre Hostel, Baillifs, Sénéchaux, leurs Lieutenans Civils, & autres nos Justiciers qu'il appartiendra, SALUT. Le Sr. BRUEYS Nous ayant fait exposer qu'il desireroit faire imprimer un Livre intitulé *Suite de l'Histoire du Fanatisme de nostre temps*, &c. s'il Nous plaisoit lui vouloir accorder nos Lettres de permission sur ce necessaires, Nous avons permis & permettons par ces Presentes audit Sr. Brueys de faire imprimer ledit Livre, en telle forme, marge, caracteres, autant de Volumes & de fois qu'il voudra, & de le faire vendre & débiter dans tous les Lieux de nostre obéissance pendant dix ans à compter du jour de la date des Presentes. Faisons défenses à tous Imprimeurs, Libraires &

autres , de contrefaire l'impreſſion dudit Livre, introduire , vendre & débiter dans noſtre Royaume d'autre impreſſion que celle qui aura eſté faite par celui ou ceux qui auront l'ordre dudit Sr. Expoſant en vertu des Preſentes , à peine de confiſcation des Exemplaires contrefaits, de trois mille livres d'amende contre chacun des Contrevenans, dont un tiers à Nous, un tiers à l'Hoſtel-Dieu de Paris , l'autre tiers audit Expoſant , & de tous dépens , dommages & intereſts ; à la charge que ces Preſentes feront enregiſtrées tout au long ſur les Regiſtres de la Communauté des Imprimeurs & Libraires de Paris, & ce dans trois mois du jour de leur date. Que l'impreſſion dudit Livre ſera faite dans noſtre Royaume & non ailleurs, en bon papier & beaux caractères, conformément aux Reglemens de la Librairie ; & qu'avant de l'expoſer en vente, il en ſera mis deux Exemplaires, dans noſtre Bibliotéque publique, un dans celle de nôtre Chaſteau du Louvre , & un dans celle de noſtre trés-cher & feal Chevalier Chancelier de France le Sr. Phelypeaux Comte de Pontchartrain Commandeur de nos Ordres, le tout à peine de nullité des Preſentes ; du contenu deſquelles vous mandons & enjoignons de faire joüir ledit Expoſant, ou ſes ayant cauſe, pleinement & paiſiblement, ſans ſouffrir qu'il leur ſoit fait aucun trouble ni empêchement. Voulons que la Copie des Preſentes qui ſera imprimée au commencement ou à la fin dudit Livre , ſoit tenuë pour düëment ſignifiée ; & qu'aux Copies collationnées par l'un de nos amez & feaux Conseillers Secretaires, foy soit ajoûtée comme à l'Original. Commandons au premier nostre Huissier ou Sergent, de faire pour l'execution d'icelles tous Actes requis & necessaires, sans autre permission, & nonobstant Clameur de Haro, Chartre Normande, & Lettres à ce contraires : Car tel est nostre plaisir. Donné à Versailles le septiéme jour de Décembre, l'an de grace mil sept cent neuf; & de nostre Regne le soixante-septiéme. Par le Roy en son Conseil. Signé, TOURRES. Et scellé.

Il est ordonné par Edit de Sa Majesté de 1686. & Arrests de son Conseil, que les Livres dont l'impression se permet par chacun des Privileges, ne seront vendus que par un Libraire ou Imprimeur.

Registré sur le Registre N° 2. de la Communauté des Libraires & Imprimeurs de Paris, page 515. N° 957. conformément aux Reglemens, & notament à l'Arrest du 13. Aoust 1703. A Paris le 10. Décembre 1709. DELAUNAY, Sindic.

Et ledit Sr. Brueys a cedé son droit de Privilege au Sr. Martel, tant pour le premier Tome, que pour les suivans, pour en joüir pendant lesdites dix années, suivant l'accord fait entr'eux.